गुलफ़ाम

किताब-ए-ग़ज़ल

डॉ. टी. सी. कौल

गुलफ़ाम

wkrishind.in

ISBN: 9789394967069

डॉ. टी. सी. कौल

विषय-सूची

लेखक परिचय XI

सन्देश XIII

पुरोवाक XV

अध्याय-1 **17**

ग़ज़ल का अभिप्राय एवं परिभाषा 17

अध्याय-2 **23**

ग़ज़ल का साहित्यिक प्रादूर्भाव एवं विकास 23

अध्याय-3 **29**

ग़ज़ल का सांगीतिक प्रादुर्भाव एवं विकास 29

अध्याय-4 **35**

ग़ज़ल का स्वरूप एवं ग़ज़ल के लिए अनिवार्य तत्व 35

अध्याय-5 **43**

ग़ज़ल, नज़्म व गीत में समानता व भिन्नता 43

अध्याय-6 **49**

स्वरचित ग़ज़ल 49

ग़ज़ल 1 51

ग़ज़ल 2 53

ग़ज़ल 3	55
ग़ज़ल 4	57
ग़ज़ल 5	59
ग़ज़ल 6	61
ग़ज़ल 7	63
ग़ज़ल 8	65
ग़ज़ल 9	67
ग़ज़ल 10	69
ग़ज़ल 11	71
ग़ज़ल 12	73
ग़ज़ल 13	75
ग़ज़ल 14	77
ग़ज़ल 15	79
ग़ज़ल 16	81
ग़ज़ल 17	83
ग़ज़ल 18	85
ग़ज़ल 19	87
ग़ज़ल 20	89
ग़ज़ल 21	91
ग़ज़ल 22	93
ग़ज़ल 23	95

ग़ज़ल 24	97
ग़ज़ल 25	99
ग़ज़ल 26	101
ग़ज़ल 27	103
ग़ज़ल 28	105
ग़ज़ल 29	107
ग़ज़ल 30	109
ग़ज़ल 31	111
ग़ज़ल 32	113
ग़ज़ल 33	115
ग़ज़ल 34	117
ग़ज़ल 35	119
ग़ज़ल 36	121
ग़ज़ल 37	123
ग़ज़ल 38	125
ग़ज़ल 39	127
ग़ज़ल 40	129
ग़ज़ल 41	131
ग़ज़ल 42	133
ग़ज़ल 43	135
ग़ज़ल 44	137

ग़ज़ल 45	139
ग़ज़ल 46	141
ग़ज़ल 47	143
ग़ज़ल 48	145
ग़ज़ल 49	147
ग़ज़ल 50	149
ग़ज़ल 51	151
ग़ज़ल 52	153
ग़ज़ल 53	155
ग़ज़ल 54	157
ग़ज़ल 55	159
ग़ज़ल 56	161
ग़ज़ल 57	163
ग़ज़ल 58	165
ग़ज़ल 59	167
ग़ज़ल 60	169
ग़ज़ल 61	171
ग़ज़ल 62	173
ग़ज़ल 63	175
ग़ज़ल 64	177
ग़ज़ल 65	179

ग़ज़ल 66	181
ग़ज़ल 67	183
ग़ज़ल 68	185
ग़ज़ल 69	187
ग़ज़ल 70	189
Connect with Publisher	191

लेखक परिचय

डॉ.टी.सी.कौल (डॉ.टिंकू कौल) संगीत क्षेत्र में परिचित हस्ताक्षर है। डॉ0 कौल विख्यात ास्त्रीय व उपशास्त्रीय गायक प्रो0 सोमदत्त बट्टू जी के अग्रणी शि यों में से एक हैं। इन्होनें संगीत में एम0 ए0 (गायन), एम0फिल0 (गायन) व पीएच0डी0 के साथ–साथ यू0जी0सी0–नेट हि0प्र0वि0वि0 शिमला व प्रयाग संगीत समिति, इलाहाबाद से संगीत प्रभाकर (गायन) की उपाधियाँ प्राप्त की हैं। ास्त्रीय संगीत, उपशास्त्रीय संगीत व सुगम संगीत की हर विद्या के साथ–साथ डॉ0 कौल गुरमति संगीत (शबद–कीर्तन) में भी पारंगत हैं। डॉ0 कौल रेडियो व दूरदर्शन से गायन विधाओं में अनुमोदित कलाकार हैं। गायन के साथ–साथ ये कई वाद्यों को भी बड़ी खूबी से बजा लेते हैं जिनमें हारमोनियम, तबला, गिटार, की–बोर्ड आदि प्रमुख हैं। डॉ0 कौल देश–प्रदेश में अपने कार्यक्रम प्रस्तुत कर चुकें हैं। डॉ0 कौल को हिमाचल सरकार सहित कई समाजिक संस्थाओं द्वारा सम्मानित किया है इनमें संचेतना संस्था व भा ा एवं संस्कृति विभाग द्वारा "क्षितिज सम्मान" उभरते हुए कलाकार के रूप में तथा भीमसेन म्यूज़िक फांउडेशन खड़ग,

कर्नाटक द्वारा ''कला अपर्णजी'' प्रमुख हैं। मार्च, 2016 तक डॉ0 कौल ए0पी0जी0 शिमला विश्वविद्यालय के संगीत विभाग में सहायक आचार्य व अध्यक्ष के पद पर कार्यरत रहे। अप्रैल, 2016 में डॉ0 कौल का चयन यू0जी0सी0 द्वारा पोस्ट डॉक्टरल फैलोशिप के लिए हुआ। डॉ0 कौल संगीत वि ाय में पोस्ट डॉक्टरल फैलोशिप हासिल करने वाले हिमाचल के पहले एकमात्र व्यक्ति हैं। डॉ0 कौल ने संगीत विभाग, हि0प्र0वि0वि0, शिमला में रीसर्च एसोसिएट (पी.डी.एफ) के रूप में 2016 से 2021 तक अध्यापन एवं अनुसंधान कार्य सम्पूर्ण किया। डॉ0 कौल बहुत सी संगीत संगो ठयों, कार्यशालाओं व मंच प्रदर्शनों में अपने व्याख्यान व कार्यक्रम प्रस्तुत कर चुके हैं। लगभग 4 पुस्तकों के सफल प्रकाशन के साथ–साथ इनके अब तक अनेंको ही ाोध ालेख व रिसर्च आर्टिकल रा ट्रीय व अन्तर्रा ट्रीय पत्र–पत्रिकाओं में प्रकाशित हो चुके हैं। वर्तमान में डॉ0 कौल डिवाइन शिमला संगीत अकादमी एवं चिकित्सा संस्थान के संस्थापक व संचालक के रूप में संगीत शिक्षण और अनुसंधान कार्य कर रहे है।

सन्देश

अत्यन्त प्रसन्नता का वि ाय है कि डॉ.टी.सी. कौल का एक और नया ग़ज़ल संग्रह "गुलफ़ाम" के रूप में प्रकाशित होने जा रहा है। ग़ज़ल साहित्य को सिखनें, समझनें व पसन्द करनें वालों के लिए यह एक लाभप्रद पुस्तक साबित होगी। जहां तक मेरा मत है ग़ज़ल गायकी से सम्बन्धित अभी तक कोई ऐसी पुस्तक प्रकाशित नहीं हुई है जिसमें ग़ज़ल संग्रह के साथ ग़ज़ल के साहित्य की विवेचनात्मक व्याख्या भी की गई हो। ऐसे में डॉ. कौल का यह प्रयास सभी ग़ज़ल प्रेमियों के साथ–साथ ग़ज़ल पर ोध करनें वालों के लिए भी अत्यन्त महत्वपूर्ण साबित होगा।

एक सफल अनुसंधानकर्ता, श्रेष्ठ संगीत–शिक्षक एवं बहुत ही कमाल के व्यक्तित्व के मालिक डॉ.टी.सी. कौल के इस सराहनीय प्रयास को मै अपनी शुभकामनाएं देता हूं। पुस्तक के सफल प्रकाशन पर हार्दिक बधाई।

आचार्य पी.एन.बंसल
निदेशक

ाारीरिक खेल एवं युवा महोत्सव

हि. प्र. विश्वविद्यालय शिमला

पुरोवाक

ग़ज़ल गायन विधा मेरी पसंदीदा विधाओं में से एक है। अपने पीएच.डी. कार्य के दौरान मुझे ग़ज़ल को साहित्यिक और सांगीतिक दृष्टि से बहुत क़रीब से जानने और समझने का अवसर प्राप्त हुआ। ग़ज़ल का साहित्य उसकी एक खास अहमियत रखता है जिसकी समझ किसी विशेष गुरु से शिक्षा ग्रहण के पश्चात ही आती है। हालांकि मेरा कर्म क्षेत्र संगीत है, लेकिन फिर भी साहित्य के प्रति आकर्षण और लिखने का शौक हमेशा से मेरा एक पसंदीदा विषय रहा है। अब तक बहुत सी शास्त्रीय संगीत की बंदिशें, भजन, देश भक्ति गीत, नज़्म, समसामयिक गीत व लोकगीतों की स्वर रचनाओं के साथ–साथ लेखन भी कर चुका हूं। ग़ज़लें लिखने का शौक भी मुझे हमेशा से रहा जिस कारण मैंने उर्दू–भाषा को विशेष तौर पर पढ़ना और लिखना आरंभ किया।

जैसा कि मैंने कहा ग़ज़ल को लिखने का एक विशेष ढंग होता है जिसकी शिक्षा भली प्रकार से किसी उर्दू–साहित्यकार से ग्रहण करना अत्यंत आवश्यक है। अपनी व्यस्तताओं के कारण मुझे

उर्दू–साहित्य को विधिवत सीखने का अवसर तो नहीं मिल सका परंतु फिर भी समय के साथ–साथ अपने सांगीतिक अनुभव को जोड़कर मैं टूटी–फूटी ग़ज़लें लिखता रहा जो अब एक पुस्तक के रूप में आपके समक्ष प्रस्तुत करने का प्रयास कर रहा हूं। निसंदेह इनमें आपको थोड़ी अनुभवहीनता और कुछ कमियां अवश्य नज़र आएंगी लेकिन मुझे फिर भी आशा है कि आपको यह जरूर पसंद आएंगी। ग़ज़ल को साहित्यिक रूप में सीखने और समझने वालों के साथ–साथ ग़ज़ल गायकी में रुचि रखने वालों के लिए भी इस पुस्तक में दी गई आधारभूत साहित्यिक और सांगीतिक जानकारी बड़ी लाभप्रद होगी। बड़ी विनम्रता के साथ यह पुस्तक आप सभी को समर्पित करता हूं। किसी भी प्रकार की त्रुटि अथवा कमी के लिए मैं आपसे क्षमा प्रार्थी हूं और आशा करता हूं आप सभी इस पुस्तक को अपना भरपूर आशीर्वाद और स्नेह प्रदान करेंगे।

मंगल भावनाओं सहित आपका अपना

डॉ.टी.सी. कौल

अध्याय-1

ग़ज़ल का अभिप्राय एवं परिभाषा

भारतीय काव्य–जगत एवं संगीत जगत को सबसे अधिक प्रभावित करने वाली रचना 'ग़ज़ल' है। ग़ज़ल के साहित्यिक पक्ष के सन्दर्भ में अलग–अलग विद्वानों ने अलग–अलग परिभाषाएँ दी है। सामान्यतः ग़ज़ल को हुस्न, इश्क़ और जवानी का हाल बयान करने की अभिव्यक्ति का माध्यम कहा जाता रहा है। ग़ज़ल को प्रेयसी (प्रेमिका) से बातचीत करने तथा उसके नख़–शिख का वर्णन करने का साधन भी कहा जाता रहा है। ग़ज़ल का अर्थ "कातने–बुनने" से भी लिया गया है। कुछ विद्वानों का यह भी मानना है कि ग़ज़ल शब्द की उत्पत्ति 'ग़ज़ाल' शब्द से हुई है, जिसका अर्थ है 'हरिण'। ग़ज़ल के सन्दर्भ में विभिन्न साहित्यकारों एवं शायरों ने अपने विचार प्रकट किये है–

"ग़ज़ल को जवानी का हाल बयां करने वाली और माशूक की संगति व इ्श्क का ज़िक्र करने वाली अभिव्यक्ति कहा गया है"।

''ग़ज़ल मूलतः फ़ारसी भाषा की काव्य–गत शैली है तथा इसमें प्रणय–प्रधान गीतों का समावेश होता है, तथा महोब्बत के जज्बातों की अभिव्यक्ति है''।

''ग़ज़ल का अर्थ इश्क़िया अशआर कहना और औरतों का वर्णन करना है''।

''ग़ज़ल महबूब से बातचीत करने को कहते हैं''।

''अरबी–फ़ारसी की परम्पराओं को मान्यता देने वाले ग़ज़ल को 'सुख़न–ब–ज़ना' अर्थात् औरतों के बारे में बात करना या आशिक–माशूक की बातचीत मानते हैं''।

''अरबी में ग़ज़ल का शाब्दिक अर्थ कातना–बूनना होता है। ग़ज़ल शब्द की उत्पत्ति 'ग़ज़ाल' से भी स्वीकारी जाती है, जिसका अर्थ 'हरिण' होता है और इसके आधार पर ग़ज़ल को हरिण की चौकड़ी की तरह प्रेम व्यापार की काव्यात्मक अभिव्यक्ति भी कहा गया है''।

''ग़ज़ल के इतिहास पर जब हम दृष्टि डालते हैं तो यह ज्ञात होता है कि अरबी भाषा में 'क़सीदा' काव्य की एक विधा थी जो किसी की प्रशंसा से सम्बन्धित काव्य रचना होती थी। क़सीदे के प्रारम्भ में चार–पाँच शेर कहे जाते थे जिसे 'नसीब' या 'तश्बीब' कहते थे। क़सीदे की यही तश्बीब आरम्भ में ग़ज़ल के रूप में स्वीकारी जाती थी। अरबी साहित्य में ग़ज़ल का स्वतन्त्र स्थान नहीं था। अरबी साहित्य से जब यह विधा फ़ारसी काव्य विधा में आई तो इसने अपना स्वतन्त्र रूप ग्रहण किया''।

'ग़ज़ल' अरबी भाषा का शब्द है। इसका सामान्य अर्थ होता है प्रेमिका से बातचीत या गुफ़्तगु करना। लेकिन यह देखकर तअज्जुब होता है कि ग़ज़ल अरब में नहीं लिखी गई। यह लफ़्ज ईरान में आया और वहाँ से ग़ज़ल की रवायत शुरू हुई।

अधिकांश विद्वान लोग 'ग़ज़ल' को फ़ारसी शब्द की उपज मानते हैं। "फ़ारसी में ग़ज़ल का प्रथम प्रमुख शायर 'रोदकी' या जिसने ग़ज़ल पर खास ध्यान दिया और अब से लगभग एक हज़ार वर्ष पहले ईरान में ग़ज़ल को एक गौरवशाली स्थान दिलवाया"। ग़ज़ल की पैदाईश फ़ारस के लोक–संगीत से हुई और यहाँ से इसका प्रसार अरब, मिश्र तथा भारत आदि देशों में हुआ। "ग़ज़ल का शाब्दिक अर्थ मुहब्बत के जज़्बात व्यक्त करना है। अच्छी ग़ज़ल वह है जिसमें इश्क़–ओ–महोब्बत की बात सच्चाई तथा असर के साथ ज़ाहिर की जाती है। ग़ज़ल की प्रभावात्मकता उसके भाव और भाव–प्रदर्शन की शैली में है"।

ग़ज़ल में इश्क़िया अशआर कहना तथा औरतों का वर्णन विशेष सक्रिय रहता है। ग़ज़ल की कविता में वस्ल (मिलना) फ़िराक (जुदाई) इश्क़ (प्रेम) इश्तयाक़ (चाहत) हसरत (कामना) यास (निराशा) का वर्णन रहता है। ग़ज़ल की भाषा यद्य पि उर्दू तथा फ़ारसी रहती है और आजकल उर्दू मिश्रित हिन्दी भाषा में ग़ज़ल कहने का रिवाज़ हो गया है तथापि इसमें साहित्य तथा संगीत का समान रूप से प्रयोग पाया जाता है।

ग़ज़ल सर्वप्रथम ईरान और तुर्कीस्तान आदि देशों में प्रचलित थी। भारत में यह तुर्की आक्रमणकारियों के साथ आयी और अपने विशिष्ट गुणों के कारण भारतवासियों में भी अत्यन्त प्रचलित हो गई। भारत में ग़ज़ल को प्रतिष्ठित करने में ख़िलजी और तुगलक साम्राज्य के राजकवि अमीर खुसरो का महत्वपूर्ण योगदान रहा है।

ग़ज़ल को व्यापकता प्रदान करने में और उसे नया आयाम देने में मीर, ग़ालिब, ईक़बाल, फ़िराक, दुष्यन्त कुमार आतिश, अहमद फ़राज़, फ़ैज अहमद फ़ैज, नासिर काज़मी आदि शायरों का बहुत योगदान रहा है। इन्हीं सब और ऐसे कई अन्य शायरों के प्रयत्नों के परिणाम स्वरूप उर्दू–काव्य जगत में और इससे भी आगे कहा जाए तो काव्य जगत में ग़ज़ल एक ऐसी शैली बनकर उभरी है जो अपने ढंग और स्वरूप में अन्य काव्य–विधाओं से कहीं आगे और निराली नज़र आती है। इसका प्रभाव व्यापक और अनोखा दिखाई पड़ता है।

ग़ज़ल इश्क और जवानी को लेकर लिखी जाती है। महबूब का सौन्दर्य इसकी प्रेरणा शक्ति है। यह कवि के अन्तर्मन की आवाज़ है। ग़ज़ल एक अन्तर्मुखी काव्य रचना है। इसमें कवि अन्तर्मन का विश्लेषण और विवेचन करता है। वह अपने व्यक्तित्व को ही अभिव्यक्ति देता है। ग़ज़ल का प्रत्येक शेर जीवन के कड़वे–मीठे अनुभव ही होता है। ग़ज़ल एक शीतल लहर भी है और चिंगारी भी है। यह अधिकांश यथार्थ पर ही टिकी होती है।

'ग़ज़ल' मानवीय संवेदनाओं से ही ओत–प्रोत होती है। इसमें कल्पना की पूर्ण उड़ान भी रहती है। परन्तु वह स्वाभाविक–सहज और प्रभावशाली होनी चाहिए। इस तरह हम कह सकते हैं कि ग़ज़ल यथार्थ पर खड़ी होकर कल्पना और स्वपनों के संसार में विचरन करती रहती है। यह खुशबू भी है और खुशी भी। यह दर्द भी है और आनन्द भी। वास्तव में यह कवि के हृदय का, जीवन का वह दर्पण है जिससे कवि कभी भाग नहीं सकता। ग़ज़ल मानवीय हृदय से ही फूटती है और सबसे अधिक उसे ही प्रभावित करती है, कवि का चिन्तन, मनन, अध्ययन, अनुभव और रूचियाँ ही इसमें वाणी पा जाती है।

अध्याय-2

ग़ज़ल का साहित्यिक प्रादुर्भाव एवं विकास

भारत एक ऐसा देश रहा है जिसमें अति-प्राचीनकाल से विभिन्न जातियाँ आती जाती रही है। इन जातियों में से कुछ यहीं घुलमिल गई और यहीं होकर रह गई। जब किसी देश में बाहर की जातियों का विलय होता है तो यह निश्चित है कि इस विलय की प्रक्रिया में एक दूसरे की संस्कृति का आदान-प्रदान होता है, जिसके फलस्वरूप एक नई संस्कृति जन्म लेती है। इस विलय की प्रक्रिया में एक-दूसरे की कुछ मान्यताओं को स्वीकारा भी जाता है तथा कुछ मान्यताओं को अस्वीकारा भी जाता है। आदान-प्रदान की इस प्रक्रिया में साहित्य, संगीत, स्थापत्य, कला एवं संस्कृति का प्रभाव भी एक दूसरे पर अवश्य होता है।

"जब 12वीं शताब्दी में तुर्क सुल्तानों का शासन स्थापित हो गया तो उसके साथ ही एक-दूसरे की संस्कृति में भी समन्वय की प्रक्रिया प्रारम्भ हो गई। भाषा के नाम पर तुर्क अपने साथ

'फ़ारसी' भाषा एवं काव्य विधा के रूप में 'कसीदा', 'मसनवी' और 'ग़ज़ल' की विरासत साथ लाए थे''।

''13वीं शताब्दी काल में अमीर खुसरों ने न सिर्फ फ़ारसी ग़ज़ल वरन् हिन्दवी ग़ज़ल कहने का भी एक ख़ास अन्दाज़ पैदा किया। उनकी (अमीर खुसरो) ग़ज़ल ज़बान की शीरींनी और दिल से दिल की बात कहने में इतनी मोअस्सर थी की सिर्फ 'रोदकी' और 'सादी' इस दर्जे तक पहुँच सकते थे, लेकिन उन्होंने उसमें एक और चीज़ का इज़ाफा किया और वो ये के अपनी ग़ज़लों में मौसीक़ी (संगीत) का रंग दिया''।

''अमीर खुसरो ने फ़ारसी और हिन्दुस्तानी बोलियों को समीप लाने के लिए जो क्रान्तिकारी प्रयत्न किया था उसकी परम्परा आगे के युगों में तेज़ गति से नहीं बढ़ पाई। परन्तु जब दक्षिण में स्थानीय सल्तनतें स्थापित हुई तो वहाँ जिस भाषा का विकास हुआ वह 'दकनी' कहलाई। दकनी भाषा के शायरों ने अपनी ग़ज़ल में हिन्दुस्तानी वातावरण के स्वरूप को सफलतापूर्वक उभारा। जब दक्षिण में दकनी ग़ज़ल अपनी बाल्यावस्था में थी, उस समय उत्तरी भारत में फ़ारसी ग़ज़ल का अधिक प्रचलन था। उर्दू–ग़ज़ल के जो प्रमुख शायर हुए उनके नाम है मोहम्मद कुली, कुतुब शाह, व नुसरती ग़न्वासी इत्यादि''।

''17वीं शताब्दी के उत्तरार्द्ध में जब औरंगजैब ने गोलकुण्डा एवं बीजापुर की सलतनतों को अपने अधीन कर लिया तो दक्षिण में औरंगाबाद, उत्तरी भारत की उर्दू और दक्षिण की

दकनी उर्दू का मिलन स्थल हो गया। औरंगाबाद में 'वली' (1668.1744) जो उर्दू ग़ज़ल के पितामाह माने गए। 1700 एवं 1722 के मध्य दिल्ली गए एवं उन्होंने उत्तर की उर्दू को अपनाया।इस प्रकार ये प्राचीन दकनी और नई उर्दू को जोड़ने वाली कड़ी बन गए और इन्होंने एक ऐतिहासिक कार्य किया। 'वली' ही उर्दू ग़ज़ल के युग–प्रवर्तक शायर हुए हैं, जिसने सबसे पहले दकनी और उत्तर भारत की साहित्यिक परम्पराओं का समन्वय कर उन्हें एक धागे में पिरोया। वली ने फ़ारसी भाषा के कवियों का मुँह फ़ारसी से हटाकर उर्दू की और मोड़ा''।

''18वीं शताब्दी के प्रारम्भ में दिल्ली एवं दिल्ली के आसपास उर्दू ग़ज़ल के कई शायर हुए जिनमें सबसे उल्लेखनीय 'सिराजुदीन आरजू' (1689.1756) हुए जिन्होंने फ़ारसी शायर 'वेदिल' की परम्पराओं को उर्दू में सम्मिलित किया। इसके अतिरिक्त इस युग के प्रमुख उर्दू ग़ज़ल के शायरों में अब्दुल हई तांबा, मज़हर जाने जाना व हातिम इत्यादि प्रमुख शायर हुए। इस पिढ़ी के बाद जो शायर हुए वो ग़ज़ल के आकाश में चाँद–सितारों की तरह जगमगाए। इनमें प्रमुख हैं, ख्वाजा मीर दर्द (1721.1785), मिर्ज़ा महम्मद रफ़ी सौदा (1706.1781), और मीर तकी मीर (1722.1810)''।

मीर तकी मीर इस युग के सबसे बड़े ग़ज़लगो शायर हुए थे। ''मीर की इश्क़िया शायरी में उस नाकामी और मेहरूमी का एहसास मौजूद है लेकिन जब उस पर तारीख़ी माहौल की

छूट पड़ जाती है तो उससे ज़िंदगी के अनासिर चौंक उठते है। मीर जब अपनी खूँ अफ़्शानी दामन पर गुलकारिया करता है तो उसकी कला बुलन्द–तरीन मकाम पर पहुँच जाती है''। इसी युग में मुशायरों का चलन भी प्रचलित हुआ।

''19वीं शताब्दी के प्रारम्भ में दिल्ली फिर उर्दू ग़ज़ल का प्रमुख केन्द्र बनी। इस युग के उल्लेखनीय शायर शाह नसीर (1835 मृत्यु) ज़ौक (1778.1854), ग़ालिब (1796.1869), मोमीन (1800.1851), तथा बादशाह बहादुर शाह ज़फ़र (1837.1868) हुए। यह दौर उर्दू शायरी का सुनहरी दौर कहलाया''।

''ज़ौक' ने ज़बान की सफाई पर ज्यादा ध्यान दिया। इस प्रकार वे नासिख़ की परम्परा के शायर कहे जा सकते हैं। 'मोमीन' की ग़ज़ल इश्क़ की वारदात तक सीमित रही। मोमीन ने ग़ज़ल के दायरे को तग़ज्जुल तक महदूद रखा। मोमीन ने इश्क़–ए–मिजाज़ी को अपना मैदान बनाया और इस मैदान को कभी छोड़ना पसन्द नहीं किया''।

''मीर तकी मीर के बाद 'ग़ालिब' उर्दू–साहित्य का एक ऐसा प्रकाश स्तम्भ है जिसकी ग़ज़ल ने उर्दू ग़ज़ल को एक नए आयाम से परिचित करवाया। 'ग़ालिब' की ग़ज़ल न सिर्फ अश्क़ और आशिक़ी तक सीमित रही बल्कि उसमें जीवन की छोटी से छोटी अनुभूतियों के अतिरिक्त जीवन की बड़ी से बड़ी घ टनाओं का उल्लेख बड़े दार्शनिक अन्दाज़ में किया गया है''।

''ग़ालिब की कविता के हृदय की महीन से महीन तरंग का ऐसा स्पष्ट दर्शन मिलता है कि तबीयत फड़क उठती है। इनके शेरों की भाषा उत्प्रेक्षा, शब्द विन्यास और उपमाऐं एक से एक निराली है''।

बहादुरशाह ज़फ़र के उस्ताद 'ज़ौक' थे। अन्तिम समय की जो ग़ज़लें इनकी लिखी हुई है उनमें अपने वतन की महोब्बत का एवं अपने निजी जीवन की वेदना का बड़ा भावपूर्ण वर्णन किया है।

''ग़ालिब के बाद परम्परावादी शैली में ग़ज़ल कहने वाले दो प्रमुख शायर 'अमीर मीनाई' (1828.1900) तथा मिर्ज़ा दाग़ देहलवी (1831.1905) हुए हैं। इन दोनों शायरों ने ग़ज़ल की भाषा को माँजने व संवारने का उल्लेखनीय कार्य किया है''।

''20वीं शताब्दी में उर्दू के महान ग़ज़लगो शायर मोहम्मद ईक़बाल (1874.1938) हुए। प्रमुख रूप से ये उर्दू की नई नज्म के युग–प्रवर्तक शायर थे परन्तु इन्होंने उर्दू ग़ज़ल को दर्शन की नई राहों से भी परिचित कराया। ईक़बाल के समकालीन ही उर्दू ग़ज़ल के प्रमुख शायरों में फ़ानी बदायूँनी, असग़र गोंडवी, हसरत मोहानी, जिग़र मुरादाबादी और यगाना चंगेज़ी ग़ज़ल के उल्लेखनीय शायर हुए। 'फ़ानी' ने ग़म की वादी में पनाह ढूँडी। 'असग़र' ने अपनी ग़ज़ल का मुख्य विषय तसव्वुफ को अपनाया। 'हसरत मोहानी' ने ग़ज़ल को घर आँगन के वातावरण से परिचित

कराया और 'जिग़र मुरादाबादी' ने इश्क के जज़्बात को एक नई तरंग के साथ अपनी ग़ज़लों में समोया''।

''इन शायरों के समकालीन ग़ज़ल के एक प्रमुख शायर का उल्लेख किया जाना अत्यन्त आवश्यक है। इनका नाम 'रघुपति सहाय' एवं अपनाम 'फ़िराक गोरखपुरी' है। इनकी खूबी यह है कि इन्होंने एहसास–ए–ज़माल को जीवन और कायनात को समझने के लिए एक मूल्य के रूप में इस्तेमाल किया''।

इस प्रकार उर्दू ग़ज़ल ने अपना प्रारम्भिक सफर 13वीं शताब्दी से प्रारम्भ किया और 20वीं शताब्दी से होती हुई 21वीं शताब्दी तक दस्तक दे रही है। ग़ज़ल का यह लम्बा सफ़र कभी भी उबाने वाला या थकाने वाला नहीं रहा। आधुनिक दौर के शायरों में मुईन अहसन ज़ज्बी, मजरूह सुल्तानपुरी, फ़ैज अहमद फ़ैज, हफ़ीज़ जालन्धरी, फ़तील शिफाई, सैफूदीन सैफ़, जाँ निसार अख्तर, एहसान दानिश, अब्दुल हमीद अदम, बशीर बद्र, निदा फ़ाजली, केसर–उल–जाफ़री, शहरयार व मुम्ताज़ राशीद इत्यादि के नाम प्रमुख है। हर युग की ज़रूरतों को ग़ज़ल ने ऐसे दिलनशीं अन्दाज़ में अपने आप में समोया है कि वह हर दौर की पहचान और आवाज़ बन गई तथा हर दौर में हर मज़हब और हर प्रान्त के लोगों को अपनी ओर आकर्षित करती रही। पूरी सम्भावना है कि आने वाली सदियों में भी ग़ज़ल इसी तरह नई ताज़गी के साथ लोकप्रिय होती रहेगी।

अध्याय-3

ग़ज़ल का सांगीतिक प्रादुर्भाव एवं विकास

भारतीय संगीत का इतिहास अति प्राचीन है। यह भी सर्वविदित है कि हिन्दुस्तानी संगीत हिन्दू, मुस्लिम संस्कृतियों के समन्वय की एक श्रेष्ठ सांगीतिक परिणति है। हिन्दुस्तानी संगीत की प्रत्येक विधा में चाहे वह कंठ संगीत हो, वाध संगीत अथवा नृत्य, हिन्दू-मुस्लिम संस्कृतियों का मेलजोल स्पष्ट रूप से परिलक्षित होता है और यह मेल-जोल बहुत प्राचीनकाल से प्रारम्भ हुआ है। अरब के साथ भारतवर्ष के व्यापारिक तथा सांस्कृतिक सम्बन्ध बहुत प्राचीन रहे हैं। सम्बन्धों की यह प्राचीनता हिन्दोस्तानी संगीत के क्षेत्र में भी देखने को मिलती है।

"प्राचीन ग्रन्थों एवं सन्दर्भों के अनुशीलन से यह स्पष्ट होता है कि अरब लोग भारतीय स्वरविधि से उस समय परिचय प्राप्त कर चुके थे, जिस समय इस्लाम का उदय भी नहीं हुआ था।"

गहराई से देखा जाए तो ऐसा प्रतीत होता है कि सरल भाषा तथा संगीत के हर पहलू की गायकी का ग़ज़ल गायन शैली में समावेश होता है। इसीलिए यह शैली अधिक प्रचलन में आई और जन मानस से लेकर संगीत के मर्मज्ञ को भी इसने प्रभावित किया। श्रृंगार रस से ओत–प्रोत होने के कारण काव्य–प्रेमियों तथा संगीत प्रेमियों, दोनों को इसमें रस की अनुभूति हुई। भारतीय ग़ज़ल गायन शैली का प्रारम्भ कब से हुआ यह तो निश्चित रूप से नहीं कहा जा सकता है परन्तु कुछ तथ्यों के आधार पर यह स्वीकारा जा सकता है कि 13वीं शताब्दी से पूर्व ही ग़ज़ल गायन शैली का प्रचलन भारत में हो चुका था।

ग़ज़ल गायन शैली का प्रसार करने में सूफ़ी सन्तों का बड़ा योगदान रहा है। इसके द्वारा सूफ़ी–सन्तों ने विभिन्न धर्मों के बीच तथा विभिन्न पंथों के बीच में सामांजस्य स्थापित करने का प्रयास किया। ग़ज़ल में ईश्वरीय प्रेम का समावेश करते हुए उसे सांगीतिक स्वरूप में प्रस्तुत करके सूफ़ीयों ने लोगों में प्रेम तथा दया के भाव को फैलाया। सूफ़ीयों द्वारा संगीत को अराधना के रूप में भी स्वीकारा गया। 'सूफ़ीयों ने अपने प्रार्थना संगीत के लिए फ़ारस की ग़ज़ल शैली को अपनाया तथा भारतीय रागों एवं तालों में ढालकर उसको प्रस्तुत किया।'' भारतीय संगीत में ग़ज़ल गायन शैली को प्रचार में लाने का बहुत बड़ा श्रेय इन्हीं सूफ़ी–सन्तों को जाता है।

''भारतीय इतिहास का दिल्ली सल्तनत–काल ग़ज़ल का प्रवेश–काल माना जा सकता है। विदेशियों के अनवरत आक्रमणों ओर अत्याचारों के कारण उत्तर–भारत में संगीत की धारा कुछ काल तक अवरूद्ध रही। इस्लाम में संगीत निषिद्ध होने के कारण इस कला के शासकों में संगीत के प्रति उपेक्षा रही, पर हिन्दू–संस्कृति के संसर्ग और समीप्य से मुस्लिम–समाज में संगीत के प्रति अभिरुचि जागृत हुई। हिन्दू–मन पर संगीत का गहरा प्रभाव था और बलपूर्वक धर्मान्तर कराएं जाने पर भी वे अपने संस्कारों को न त्याग सकते थे। इस्लाम के सूफ़ी सन्तों ने भारतीय जनता के मर्म को समझा और 'क़व्वालियों' तथा 'ग़ज़लों' के गायन से भक्ति तथा प्रेम का सन्देश प्रसारित करना शुरू किया।''

''भारत में ग़ज़ल तथा क़व्वाली के प्रवर्तन का श्रेय ईसवीं 13 के प्रसिद्ध सुफ़ी सन्त 'ख़्वाजा मुईनुद्दीन चिश्ती' को है। उन्होंने स्वयं फ़ारसी तथा हिन्दी में ग़ज़लें लिखीं। तत्कालीन राज–दरबारों में क़व्वाली व ग़ज़ल जैसे फ़ारसी गीतों को प्रश्रय प्राप्त था, क्योंकि शासकों की विलासिता और शृंगार–प्रियता के लिए वे अनुकूल थे। इस युग के प्रसिद्ध इतिहासकार 'बर्नी' के अनुसार ख़िलजी सुलतानों के दरबार में ईरानी कलाकारों को सम्मान का स्थान प्राप्त था। मुहम्मद बिन, सिक्का, ईसूनसिया तथा मुहम्मद मुक़री इस समय के प्रसिद्ध ग़ज़ल गायक थे।''

''ग़ज़ल को प्रतिष्ठित करने में ख़िलजी और तुगलक साम्राज्य के राजकवि 'अमीर खुसरो' का महत्वपूर्ण योगदान रहा। वे राजकवि होने के साथ अच्छे ग़ज़ल गायक भी थे। फ़ारसी और भारतीय, दोनों संगीत–शैलियों से उनका पर्याप्त परिचय था। मिश्र, अरब तथा ईरान के परम्परागत संस्कारों के साथ, भारत में पैदा होने के कारण, भारतीय संस्कृति के सहज संस्कार भी उनमें थे। फ़ारसी राग, ताल, वाध तथा छन्दों के आधार पर भारतीय संगीत में उन्होंने नया मोड़ प्रस्तुत किया। उनकी यह परम्परा खुसरों–सम्प्रदाय के नाम से प्रचलित हुई।''

''मुग़ल काल संगीत व अन्य ललित कलाओं का 'अगस्टन–युग' माना गया है। 'बाबर' स्वयं संगीत–प्रेमी था और गीतों की रचना करता था। हुमायूँ भी संगीत में रुचि रखता था। 'अकबर' संगीत और शायरी का रसिक था। उसके राज्य काल में ग़ज़ल तथा कव्वाली को पहले से अधिक प्रोत्साहन मिला। फ़ैजी मुहम्मद, हुसैन नजीरी और शेख सादी उस समय के प्रसिद्ध शायर थे। सैयद खाँ नौहार और दौलत आफजूँ ग़ज़ल के मशहूर फ़नकार थे। सम्राट की इच्छा पर ध्रुपद का विख्यात कलाकारा 'बैजू' भी ग़ज़लें गाता था। 'जहाँगीर' ने अपने पिता की इस परम्परा को आगे चलाया तथा ध्रुपद और ग़ज़ल, दोनों शैलियों को सम–भाव से प्रश्रय दिया। 'शाहजहाँ' के काल में नासिर अफ़जली इलाहाबादी और पंडित चन्द्रभान उर्दू–ग़ज़लों के प्रसिद्ध शायर हुए। रोज़ा और अकबर उस समय के मशहूर ग़ज़ल गायक थे।''

"औरगज़ेब के युग में संगीत पर कर्फ़्यू लगा। औरंगजेब के बाद मुहम्मद शाह रंगीले ने संगीत को पुनः आश्रय दिया। यह काल, जो कि इश्क़, श्रृंगार तथा रंगीनी का काल था, ग़ज़ल और ठुमरी का उत्कर्ष काल रहा। दिल्ली, लखनऊ, रामपुर, हैदराबाद जैसे मुस्लिम शासित प्रदेश ग़ज़ल गायकी के केन्द्र थे। धनी–मानी लोग ध्रुपद तथा ख़्याल की धीर–गम्भीर गायकी की अपेक्षा ग़ज़ल, दादरा और ठुमरी को पसन्द करते थे। बड़े गायक भी प्रवाह–पतित होकर अपने वंशजों को ग़ज़ल की शिक्षा देने लगे। मुस्लिम दरबारों में नृत्य के साथ भाव तथा अभिनय के प्रदर्शन के लिए ग़ज़ल गीतों को पसन्द किया जाता था। नृत्य के लिए सहायक गीत के रूप में ग़ज़ल विशेष उपयोगी सिद्ध हुई। संगीत का यह रीति–काल ग़ज़ल गायन के लिए पोषक सिद्ध हुआ।"

"अन्तिम मुग़लसम्राट बहादुरशाह 'ज़फ़र' के काल के बाद भी अंग्रेजों के शासनकाल में भारत में ग़ज़ल गायकी का उत्तरोत्तर विकास होता गया। उस्ताद फ़ैयाज़ खाँ ;1886.1950द्ध रशीद अहमद खाँ, मजी खाँ जो अल्लादियाँ खाँ के शार्गिद थे ये भी अपने आप को ग़ज़ल गायकी से अलग नहीं रख सके। ये संगीत संगीत सभाओं में ग़ज़ल गाते थे। फ़ैयाज़ खाँ श्रोताओं के आग्रह पर ग़ज़ल भी सुनाते थे। मजी खाँ ने बहुत से गीत व ग़ज़ल भी तैयार किए। रशीद अहमद खाँ, ध्रुपद, धमार ख्याल, ठुमरी, टप्पा और ग़ज़ल आदि गायन के सभी अंगों से पूर्ण चतुर्मुखी कलाकार

थे। पं० लक्ष्मण प्रसाद जयपुर वाले भी ग़ज़ल गायकी में अपना विशिष्ठ स्थान रखते थे तथा बड़ी ही खूबी से ग़ज़ल गाते थे।''

आज हिन्दोस्तानी संगीत में ग़ज़ल गायन शैली जितनी प्रचार और प्रसार में आई है उतनी अन्य कोई शैली नहीं। जनसाधारण से लेकर उच्च वर्ग के लोगों तक ग़ज़ल गायन सुनने को अपना सौभाग्य मानते हैं तथा गायक–गायिकाएँ भी इस शैली को खूब अपनाने लगे है। आज जितने गायक–गायिकाएँ ग़ज़ल गायकी को अपनाये हुए है उतनी संख्या में संगीत की किसी भी अन्य शैली को अपनाने वाले नहीं।

अध्याय-4

ग़ज़ल का स्वरूप एवं ग़ज़ल के लिए अनिवार्य तत्व

"ग़ज़ल की शायरी एक अपना ढंग रखती है। इसकी रचना विविध छन्दों में होती है, जो संस्कृत के चामर, राधिका तोटक, गीतिका आदि छन्दो से कुछ मिलते जुलते हैं। इसके अनेक चरण होते हैं। दो चरणों का एक खंड 'शेर' कहलाता है। ग़ज़ल में कम से कम पाँच तथा अधिक से अधिक सत्तारह शेर होते हैं। परन्तु इस सम्बन्ध में कोई कड़ा नियम नहीं। शेर के दो समचरण 'मिसरा' कहलाते हैं। शेर के अन्त में जिन शब्दों की पुनरावृत्ति होती है, उन्हें 'रदीफ़' कहते हैं जो यमक से मिलता–जुलता है। इसके पहले आने वाले समान ध्वनि वाले वर्ण 'काफ़िया' कहलाते हैं, जो कि अनुप्रास के पर्याय स्वरूप हैं। जिस शेर के दोनों मिसरों का रदीफ़ और काफ़िया समान हो उसे 'मतला' कहते हैं। ग़ज़ल के प्रारम्भिक शेरों में प्रायः एक मतला अवश्य रखा जाता है"।

ग़ज़ल का अपना एक विशेष रूप होता है। उसकी संरचना का अपना एक अलग अन्दाज़ होता है। ग़ज़ल की एक स्वतन्त्र पहचान होती है। "उर्दू का ग़ज़ल काव्य विशेष चमत्कारपूर्ण होता है, इसका

प्रमाण उर्दू–मुशायरों की सफलता है। उर्दू का एक शेर श्रोताओं को जितना चमत्कृत कर सकता है, उतना शायद किसी दूसरी भाषा का द्विपद नहीं। जितने अधिक चमत्कारी द्विपद उर्दू काव्य में मिल सकेंगे, उतने किसी अन्य भाषा में नहीं"। ग़ज़ल का क्षेत्र बहुत व्यापक है। बौद्धिकता और भावुकता का इसमें सुन्दर संगम देखने को मिलता है।

ग़ज़ल की स्वरूपगत व्याख्या की संरचना के बारे में विचार करना भी ग़ज़ल की विधा को समझने की दृष्टि से अनिवार्य है। ग़ज़ल की संरचना निम्न तत्त्वों से पूर्ण होती है–

कलमा और क़लाम

"जिस लफ़्ज के कुछ अर्थ होते हैं उसे 'कलमा' कहते हैं और कलमे के ऐसे समूह को जिससे पूरी बात समझ में आती है 'कलाम' कहते हैं"।

शेर

शब्द कोश में 'शेर' शब्द का अर्थ है जानना या किसी चीज़ से वाक़िफ होना। शेर को 'बेंत' भी कहते हैं।

शेर के अज्जा

"शेर में दो पक्तियाँ होती है। एक पंक्ति को मिसरा कहते हैं और दो मिसरे को मिलाकर शेर बनता है। पहले मिसरे को 'मिसरा–ए–अव्वल' और दूसरे मिसरे को मिसरा–ए–सानी कहते हैं। हर मिसरे के तीन हिस्से होते हैं। पहले मिसरे के पहले हिस्से को

'सदर' बीच के हिस्से को 'हुशु' और आख़री हिस्से को 'उरूज' कहते हैं। दूसरे मिसरे के पहले हिस्से को 'इब्ददा' कहते हैं और दूसरे हिस्से को 'हुशु' और आख़री हिस्से को 'ज़रब' कहते हैं''।

मिसरा

शेर के दो हिस्से होते हैं और हर हिस्से को 'मिसरा' कहते हैं। किसी एक मिसरे को शेर नहीं कहा जा सकता है। शेर के दोनों मसरों में सम्बन्ध का होना बहुत आवश्यक है।

शायर

इसका अर्थ है जानने वाला क्योंकि शायर जिस बात को जानता है उसे कलम बद्ध करता है। अतः शेर लिखने वाले को शायर कहते हैं।

बहर

शेर के नापने और तोलने के जो पैमाने बनाये गए है। उन्हें 'बहर' या 'वज़न' कहते हैं और जो कलाम किसी बहर में नही होता उसे 'नसर' कहते हैं।

काफ़िया

काफ़िया वो हमवज़न अल्फ़ाज है जो शेर के आख़िर में रदीफ़ से पहले होता है। बिना काफ़िये के ग़ज़ल नहीं होती है, परन्तु कभी भी जब शायर बग़ैर रदीफ़ के ग़ज़ल कहता तो ऐसी हालत में कई

बार काफ़िया मिसरे के आख़िर में आता है। बिना रदीफ़ के प्रयेाग के उदाहरणार्थ निम्न लिखित शेर प्रस्तुत है।

"दफ़अतन दिल में किसी ने ली अंगड़ाई,
इस ख़राबे में ये दीवार कहाँ से आई।"

उपरोक्त शेर में रदीफ़ नही है। इसमें मिसरे के आख़िर में, अंगड़ाई व आई हमवज़न काफ़िये है।

रदीफ़

रदीफ़ काफ़िये के बाद आता है और इसका रूप सामान्यतः अपरिवर्तित रहता है। रदीफ़ जितना खुशमवार और अछूती होती है ग़ज़ल में उतना ही तरन्नुम और सांगीतिकता होती है। उदाहरणार्थ–

"अजब जुनुन–ए–मुसाफ़्त में घर से निकला था,
ख़बर नहीं है के सूरज किधर से निकला था।"

उपरोक्त शेर के अन्त में 'से निकला था' रदीफ़ के रूप में प्रयुक्त हुआ है।

मतला

जिस शेर के दोनों मिसरों में काफ़िया होता है उसे 'मतला' कहते हैं। ग़ज़ल की शुरूआत मतले से ही होती है। मतला ही ग़ज़ल की रदीफ़, काफ़िया और बहर को निर्धारित करता है। उदाहरणार्थ –

"तीर बन कर कमान से निकला,
हर्फ़ जो भी ज़बान से निकला।"

उपरोक्त शेर में 'से निकला' रदीफ़ है और कमान व ज़बान काफ़िया हैं।

तख़ल्लुस

वह नाम जो शायर शेर में लाने के लिए रखते हैं, हिन्दी में इसे 'उपनाम' कहते हैं। 'ग़ालिब' का नाम असदउल्ला खाँ था और तखल्लुस 'ग़ालिब'।

मक़्ता

वह शेर जिसमें शायर अपना तख़ल्लुस प्रयोग में लाता है, 'मक़्ता' कहलाता है। यह ग़ज़ल का आख़री शेर होता है, जैसे–

"आह को चाहिए ईक उम्र असर होने तक,
कौन जीता है तेरी जुल्फ के सर होने तक।।"

उपरोक्त शेर ग़ज़ल का आखरी शेर है और इस मक़्ते में शायर ने अपना उपनाम (तख़ल्लुस) 'गालिब' का प्रयोग किया है।

दीवान

"किसी शायर की ग़ज़लों के संग्रह को 'दीवान' कहते हैं।"

कुलियात

"किसी शायर के हर क़िस्म के कलाम के संग्रह को 'कुलियात' कहते हैं"।

गुलदस्ता

"कई शायरों के कलाम के संग्रह को 'गुलदस्ता' कहते हैं"।

रेख़्ती

"ग़ज़ल को रेख़्ती भी कहा जाता है। वो ग़ज़ल जिसमें ख़्यालात और जज़्बात का इज़हार औरतों की तरफ से हो, औरतों की ज़बान में ही हो, उसे 'रेख़्ती' कहा जाता है"।

ग़ज़ल में डॉ0 नगेन्द्र ने भी लिखा है। "ग़ज़ल उर्दू का सर्वाधिक प्रसिद्ध और सरस भेद है। विषय के अनुरूप उसका विशिष्ट काव्य रूप भी है जो मतला, मक़ता, काफ़िया और रदीफ़ में परिबद्ध होता है"। उपरोक्त जिन तत्त्वों की विवेचना की गई है वे तत्त्व ग़ज़ल की संरचना में प्रमुख भूमिका निभाते हैं। उपरोक्त तत्त्वों के अलावा भी ग़ज़ल की संरचना के बारे में विभिन्न विद्वानों के मतानुसार यह ज्ञात

होता है कि एक अच्छी ग़ज़ल में शेरों की संख्या पाँच से कम और ग्यारह से अधिक नहीं होनी चाहिए। यह भी मत है कि ग़ज़ल में शेरों की संख्या ताक होनी चाहिए, विषम नहीं। कुछ भी हो लेकिन यह स्पष्ट है कि उपरोक्त तत्त्व ग़ज़ल की संरचना के लिए आवश्यक होते हैं। इन तत्त्वों के बग़ैर ग़ज़ल की कल्पना भी नहीं की जा सकती। ग़ज़ल की संरचना के लिए इन सभी तत्त्वों का होना अत्यन्त अनिवार्य है।

अध्याय-5

ग़ज़ल, नज़्म व गीत में समानता व भिन्नता

ग़ज़ल

'ग़ज़ल' अरबी भाषा का शब्द है। इसका सामान्य अर्थ होता है– प्रेमिका से बातचीत, गुफ़्तगू। इस तरह इसका मूल विषय प्रेम, मुहब्बत है। यह फ़ारसी– उर्दू शायरी का एक खास प्रकार है। इसमें सामान्यतः पाँच से ग्यारह शेर होतें हैं और हर शेर में दो मिस्त्रे। सारे शेर एक ही रदीफ़ और काफ़िए में होते हैं और हर शेर का मज़मून (भाव) अलग होता है। पहला शेर 'मतला' कहलाता है, जिसके दोनों मिस्त्रे सानुप्रास (तुकान्त) होते हैं और अंतिम शेर 'मक़्ता' होता है, जिसमें शायर अपना उपनाम (तख़ल्लुस) लाता है। ग़ज़ल के संग्रह को 'दीवान' और अनय सभी प्रकार के काव्य–संग्रह को 'बयाज' कहते हैं। गौरतलब बात है कि इस विशेष काव्य–विधा का विकास अरबी में न होकर फ़ारसी में हुआ।

"ग़ज़ल वास्तव में एक से अधिक अशआर का संग्रह मात्र है जिसमें हर शेर दूसरों से स्वतन्त्र हो सकता है। यही कारण है कि

ग़ज़लों के शेर आपसी बातचीत में अकसर उदधृत होते रहते हैं। ग़ज़ल की कोमलता के अलावा उसका यह गुण भी उसकी लोकप्रियता का एक बड़ा कारण हैं।''

नज़्म

''नज़्म का शाब्दिक अर्थ व्यवस्था है और इसका प्रचलन ग़ज़ल के विपरीतार्थक रूप में आरम्भ हुआ। नज़्म वास्तव में कोई स्वतन्त्र विधा नहीं है और कथ्य की दृष्टि से उर्दू काव्य की ग़ज़ल को छोड़ सभी विधाओं को नज़्म कहा जा सकता है। नज़्म का जन्म उस रेनासाँ के परिणामस्वरूप हुआ जो 1857 की जंगे–आज़ादी में हिन्दुस्तानियों की हार के बाद आरम्भ हुआ 20वीं शताब्दी में उर्दू के महान् ग़ज़ल–गो–शायर 'मोहम्मद इक़बाल' हुए जिन्होंने ग़ज़लें तो लिखी हीं पर प्रमुख रूप से ये उर्दू की नई नज़्म के युग प्रवर्तक शायर हुए। अल्ताफ़ हुसैन 'हाली' और मोहम्मद हुसैन 'आज़ाद' को आधुनिक नज़्म का बानी कहा जाता है। पुरानी नज़्म के कवियों में 'नजीर' अकबराबादी का स्थान सबसे ऊपर है। 'नज़्म' की प्रमुख विशेषता यह है कि इसमें एक केन्द्रीय भाव का आरम्भ, विकास और समापन स्पष्ट दिखाई देता है जो यूरोपीय साहित्य के प्रभाव का परिणाम है। रूप की दृष्टि से नज़्म मस्नवी, मुसद्दस, तज़्मीन आदि सभी विधाओं में लिखी जा सकती है।''

''मोटे तौर पर नज़्म को चार श्रेणियों में बाँटा जा सकता है।''

1. पाबंद नज़्म

इसमें यथास्थान रदीफ़–क़ाफ़िये का भी ध्यान रखा जाता है और सभी मिसरे हमवज़न भी होते हैं।

2. नज़्मे–मुअरी

इस प्रकार की नज़्मों में रदीफ़–क़ाफ़िये का ध्यान नहीं रखा जाता लेकिन सभी मिसरों का हमवज़न होना आवश्यक है।

3. आज़ाद बंद नज़्म

इस प्रकार की नज़्में रदीफ़–क़ाफ़िये के अलावा वज़न की कैद से भी मुक्त होती है लेकिन पूरी नज़्म का एक रूकन (गण) में होना आवश्यक है।

4. नस्त्री नज़्म

यह पूरी तरह छंद–मुक्त होती है और हिन्दी में इन दिनों बहुप्रचलित गद्यकाव्य का उर्दू रूप है। अन्तर केवल इतना है कि जहाँ गद्यकाव्य हिन्दी कविता पर छा चुका है वहीं उर्दू कविता में नस्त्री नज़्म की हैसियत अपवाद की है और यह कभी लोकप्रिय नहीं हुई।

गीत

शारंगदेव कृत 'संगीत रत्नाकर' में गीत की परिभाषा इस प्रकार दी गई है– 'रंजक स्वर सन्दर्भो गीतमित्यभिधीयते' अर्थात् स्वरों का वह समुदाय जिससे मन का रंजन हो, 'गीत' कहलाता है। इसीलिए वह स्वर समुदाय जो मधुर हो तथा जिसे सुनने वालों का

चित्त प्रसन्न हो, गीत कहलाया जाता है। 'संगीत रत्नाकर' में प्रयुक्त गीत की परिभाषा केवल स्वर–रचना से ही सम्बन्धित थी लेकिन इसके अन्तर्गत शब्द तथा काव्य को समाविष्ट नहीं किया गया। गीत हालाँकि स्वर रचना से भी सम्बन्धित है लेकिन मौलिक रूप से गीत काव्य की एक विधा है जो भाषा, छन्द व कविता आदि पर निर्भर है। "जब काव्य तथा संगीत का मिलन होता है तब वह गीत बनता है। काव्य का माध्यम ध्वनि, वाणी, शब्द एवं भाषा तथा संगीत का माध्यम ध्वनि बाणी एवं स्वर है अर्थात् काव्य एवं संगीत के माध्यमों में पारस्पिरिक निकटता का सम्बन्ध है।"

गीत की पहली पंक्ति जिसे टेक या धृव पंक्ति कहा जाता है गीत के भाव की धुरी होती है और इस धुरी के द्वारा गीत के अन्य सभी चरण संचालित और नियोजित होते हैं। घुमता हुआ लट्टू जिस प्रकार एक कील से असंपृक्त दिखता हुआ भी अपनी गति के लिए उस पर निर्भर रहता है, उसी प्रकार गीत में व्यक्त भाव अपनी सम्पूर्ण अदाओं तथा भंगिमाओं में व्यक्त होने के लिए अपनी प्रथम पंक्ति पर आधारित रहती हैं।

गीत व नज़्म

गीत व नज़्म वैसे तो काव्य–शास्त्र की विधाएँ है। जिनमें काफी कुछ समानान्तर होते हुए भी वे दोनों अलग हैं। गीत व नज़्म दोनों की रचना एक सुगठित इकाई के रूप में होती है। दोनों की रचना किसी एक भाव को लेकर की जाती है। गीत व नज़्म में लेखक अपने आन्तरिक भाव को एक विषय के रूप में गीत या नज़्म का रूप

देता है। लेकिन फिर भी दोनों में बहुत अन्तर है नज़्म उर्दू साहित्य की देन है वहीं गीत हिन्दी साहित्य की। जब छन्द व शब्द संगीत में बन्ध जाते है तो गीत की रचना होती है लेकिन नज़्म जरूरी नहीं की संगीत में ही बन्धी हो, कई कवि मुशायरों में नज़्म को पढ़कर प्रस्तुत करते हैं। मुख्यतः गीत की भाषा हिन्दी ही होती है या यूँ कहें कि यदि कविता को स्वरलय में प्रस्तुत किया जाए तो वह गीत बन जाऐगा। लेकिन नज़्म की भाषा मुख्यतः उर्दू व हिन्दी होती है। लेकिन कतिपय कवि गीत में भी उर्दू शब्दावली का प्रयोग करते है ऐसी स्थिति में यदि संगीत तत्व को हटा दिया जाए तो गीत व नज़्म को अलग करना मुश्किल हो जाऐगा।

ग़ज़ल व नज़्म

ग़ज़ल व नज़्म उर्दू–साहित्य की प्रचलित विधाएं हैं। नज़्म का प्रचलन ग़ज़ल के विपरीतार्थक रूप में आरंभ हुआ। नज़्म को प्रचार में लाने का श्रेय 'मोहम्मद इक़वाल' को है जिन्होंने ग़ज़लें भी खूब लिखीं है। रूबाई, क़ता, मस्नवी, क़सीदा, मर्सिया आदि सभी नज़्म के ही रूप हैं लेकिन पहले इनको नज़्म नही कहा जाता था। ग़ज़ल की भान्ति ही नज़्म में क़ाफ़िरे–रदीफ़ तथा हमवज़न मिसरे आदि का प्रयोग भी होता है। ग़ज़ल व नज़्म को कई बार कवि मुशयरों आदि में पढ़कर भी पेश करते है। ग़ज़ल न नज़्म में मुख्य अन्तर यह है कि ग़ज़ल में जहाँ सभी अशआर (शेर) अर्थ की दृष्टि से अलग–अलग और स्वतन्त्र होते है वही नज़्म इस दृष्टि से सुगठित ईकाई होती है। जो एक भाव को लेकर कवि द्वारा प्रस्तुत की जाती है। ग़ज़ल के विषय मुख्यतः प्रेम,

विरह, वेदना चाहत, निराशा आदि होते हैं लेकिन नज़्म की विषय वस्तु राष्ट्रीयता, भक्ति, प्राकृति आदि भी हो सकते है। इस प्रकार ग़ज़ल व नज़्म में थोड़ी समानताएँ होते हुए भी दोनों बिल्कुल अलग हैं।

गीत व ग़ज़ल

गीत व ग़ज़ल दोनों अलग व स्वतन्त्र विधाएं है। दोनों में केवल इतनी समानता है कि दोनों काव्य की विधाएं है। बाकि दोनों विधाओं में कोई ख़ास समानता नहीं। दोनों की भाषा प्रणाली व भाव–प्रणाली में व्यापक अन्तर है। गीत, कवितात्मक व संगीतात्मक होते है लेकिन ग़ज़ल संगीतात्मक तो हो सकती है लेकिन कवितात्मक नहीं। ग़ज़ल के प्रत्येक शेर स्वतन्त्र व अलग होते हैं लेकिन गीत का भाव–केन्द्र एक ही होता है। ग़ज़ल के लिए मतला, काफ़िया, रदीफ़, तरवतुस व मक़्ता आदि आवश्यक तत्वों की जरूरत होती है वहीं गीत के लिए शब्द, छन्द, अलंकार, स्वर आदि तत्वों की जरूरत होती हैं। गीत व ग़ज़ल दोनों साहित्यिक, काव्यत्मक व संगीतात्मक विधाएं हैं।

इस प्रकार ग़ज़ल, गीत व नज़्म, तीनों में कुछ समानताएं है व कुछ असमानताएं हैं लेकिन काव्यात्मक व संगीतात्मक दृष्टि से तीनों विधाएं काफी महत्वपूर्ण है जो किसी न किसी रूप में एक दूसरे से जूड़ी हुई है।

अध्याय–6

स्वरचित ग़ज़ल

पुस्तक के आगामी भाग में मेरे द्वारा लिखित गजलों का संग्रह है। जैसा कि मैंने पुस्तक के आरंभ में ही निवेदन किया था की मैं गजल हमेशा शौकिया तौर पर लिखता रहा हूं जिसमें साहित्यिक तौर पर आपको काफी कमियां नजर आ सकती हैं जिसके लिए मैं सभी पाठकों से पुनः क्षमा चाहता हूं। तार्किक बुद्धि को छोड़कर अगर भावनात्मक दृष्टि से से पाठन करेंगे तो आप को और अधिक आनंद आएगा, आइए आगे बढ़े.........

ग़ज़ल 1

कभी–कभी जिन्दगी का सफ़र, तनहा सा लगता है।।
तुम्हारे बिन एक पल जीना भी, सज़ा सा लगता है।।

मेरी उल्फ़त का तकाज़ा भी तो देखीऐ,
वो करे बेवफ़ाई और मुझे, वफ़ा सा लगता है।।

दिल में दर्द आँखों में अश्क, इश्क का अजीब फ़साना है,
दिल तोड़ के जो जाए ़क्स वही अपना सा लगता है।।

देखकर मेरे ज़ख़्म, मुझको मेरे चारागर ने कहा ,
तेरा तो मुहब्बत से गहरा रिश्ता सा लगता है।।

इतने मयगुसार हो गए हैं मैकदे से के अब ,
काबा भी मुझे एक हसीं, मैकदा सा लगता है।।

कितना अजीब मन्ज़र है, अब के मुहब्बत में 'कौल'
वस्ल की ाब भी मेरा यार, मुझसे ख़फ़ा सा लगता है।।

उल्फ़त	–	प्यार,मुहब्बत
चारागर	–	इलाज करने वाला
मयगुसार	–	शराब के आदि
वस्ल	–	मिलन
तक़ाज़ा	–	स्थिति,माँग

ग़ज़ल 2

मत पूछ तेरी फुर्कत में हमने क्या कर दिया।।
बहोत तड़पे बहोत रोए खुद को तबाह कर दिया।।

दे कर मेरी वफ़ा को खुदग़रजी का नाम ,
क्या खूब हक वफ़ा का, तुने अदा कर दिया।।

तोड़कर दिल मेरा वही   ाक़्स मुझे छोड़ गया ,
तराश कर पत्थर जिसे, हमने खुदा कर दिया।।

कर दी जिसके नाम हमने अपनी सारी ज़िन्दगी ,
सोचता हूँ क्यों वक़्त ने उसे, मुझसे जुदा कर दिया।।

मैं नहीं वो जो करे तेरी रूस्वाई कू–ब–कू ,
आया वो वक़्त तो, हमने खुद को रूस्वा कर दिया।।

कितने मजबूर हैं वो भी अपने दिल से ऐ 'कौल' ,
मरते हैं हम पर मगर छोड़ने का हौसला कर दिया।।

फ़ुर्क़त	–	जुदाई
रूस्वाई	–	बदनामी
कू–ब–कू	–	गली–गली

ग़ज़ल 3

तनहाईयों में अक्सर दर्द के आँसु पिया करते हैं।।
दिल में बसने वाले ही दिल तोड़ दिया करते हैं।।

खाते हैं जो क़स्में साथ निभाने की उम्र भर ,
दो क़दम पे चल के ही वो मूँह मोड़ लिया करते हैं।।

कौन कहता है तीरो–तलवारों से ही दुखते हैं दिल ,
जुबाँ ए खन्ज़र भी तो दिलों को चीर दिया करते है।।

भूला दिया जिसने हमें अपना रक़ीब जानकर ,
दिन रात उसकी खुशी के लिए दुआ किया करते हैं।।

'कौल' की मजबूरीयों को कौन समझेगा ऐ दोस्त ,
ये वो लोग हैं जो ज़ख्म खा के दिल को सीया करते हैं।।

रक़ीब – दुश्मन

ग़ज़ल 4

तेरी यादों को दिल में बसाए बैठे हैं।।
आग अपने ही दामन लगाए बैठे हैं।।

उनको इस दिवान–ए–दिल पे आती है हँसी ,
जिस दिल में हम उनको छुपाए बेठे हैं।।

वो कह तो गए लौट कर न आएँगे मगर ,
हम हैं के अब भी उम्मीद–ए– ाम्मा जलाए बैठे हैं।।

क्या ख़बर किस मोड़ पे मुझको क़त्ल कर दे ,
अपने क़ातिल को ही हमसफ़र बनाए बैठे हैं।।

फिरतें है 'कौल' इश्क़ में फ़कीराना भेस लिए ,
इश्क़ में हम दिल क्या अपना आप गवाए बैठे हैं।।

ग़ज़ल 5

इश्क़ में भी क्या अजीब मन्जर आया है।।
तुम्हारे साथ भी ख़ुद को बहुत तनहा पाया है।।

तेरी आँखें नम है और मेरा दिल भी है ग़मगीं,
ख़बर नहीं क्यों वक़्त ने ये सितम ढाया है।।

तेरी बेरूख़ी ने भी इस क़दर तबाह कर दिया,
रो–रो के तेरी याद में हगने दिल जलाया है।।

पल–पल तरसाती है अब तो मौत भी आती नहीं,
सामने देखकर हशर मुझको ये ख़्याल आया है।।

ग़म–ए–दौराँ में अब गिला भी किससे करें 'कौल',
है जो दिल पे ज़ख़्म नासूर अपनों ने ही लगाया है।।

हशर	–	हाल
ग़म–ए–दौराँ	–	दुख का समय, मुश्किल भरा समय

नासूर – कभी न भरने वाला ज़ख़्म

ग़ज़ल 6

ना ही मिला आफ़ताब और ना माहताब मुझे।।
कर गया किस क़दर इश्क़ तेरा बर्बाद मुझे।।

दे कर हिज्र–ओ–ग़म दो जहाँ का मुझे,
कर दिया तुमने ज़िन्दगी से ही आज़ाद मुझे।।

तमाम उम्र जिन्दगी की ाम न कभी रौशन हुई,
कभी जो न रौशन हुए मिले वो चराग़ मुझे।।

खिली जब भी कभी उम्मीद की कली दिल में,
वक़्त ने दिया ही नहीं वो चमन ादाब मुझे।।

हमने भी सारी ज़िन्दगी अपनी दाव पे लगा दी,
कर गया तबाह ये इश्क़–ए–इनक़लाब मुझे।।

करता हूँ 'कौल' याद कभी जब वो दौर इश्क़ का,
न मिला सुकून मिले ग़म और अजाब मुझे।।

आफ़ताब	–	सूरज,सूर्य
माहताब	–	चाँद
हिज्र–ओ–ग़म	–	जुदाई का ग़म
चराग़	–	दीपक,दीया
ादाब	–	हरा भरा
इश्क़–ए–इनक़लाब	–	प्यार की जंग
अजाब	–	मुसीबत, दुख

ग़ज़ल 7

दिल की बातें न किया कीजिए सबके सामने।।
कुछ तो फ़ासला रहने दिजीए सबके सामने।।

हम भी कुछ कम नहीं गुनहगार राह–ए–इश्क़ में,
आप यूँ न तनहा इल्ज़ाम लीजिए सबके सामने।।

मैख़ाने में जो आए हैं तो इतना भरम रखिए,
ज़ाहीदों को भूलकर दो घूँट पीजिए सबके सामने।।

तमाम उम्र रहे हम तो दुनिया की भीड़ में 'कौल'
लगता है फिर भी तनहा ही जिए सबके सामने।।

गुनहगार	–	अपराधी
भरम	–	ाक, शंका, सम्मान
ज़ाहिद	–	तपस्वी, विरक्त

ग़ज़ल 8

यूँ लगा जैसे बाद–ए–सबा तेरा पैगाम लाई है।।
आह दिल से निकली और आँख भर आई है।।

तुमसे दिल लगाकर राह–ए–इश्क़ में बर्बाद हुए,
दिल लगाने की क्या खूब सज़ा पाई है।।

कितना संग दिल मेरा वो हमदर्द हमनवा निकला,
की जिसके नाम ज़िन्दगी उसी के हाथों चोट खाई है।।

वो आए भी मज़ार पर, मुस्कुराए और चल दिए,
न मालूम ये दुश्मनी है उनकी, या नासाई है।।

'कौल' करे कौन एतबार ऐसे दर्दमन्दो पर कोई,
जिनके दिल में फ़रेब और फ़ितरत में बेवफाई है।।

बाद–ए–सबा – सवेरे के वक़्त चलने वाली हवा
पैग़ाम – सन्देश

संगदिल	–	पत्थर दिल
हमनवा	–	दोस्त
मज़ार	–	कब्र
ानासाई	–	जान पहचान
दर्दमन्द	–	ुभ चिन्तक,दर्द बाँटने वाला
फ़ितरत	–	आदत

ग़ज़ल 9

किया है इरादा इश्क़–ए–हद से गुज़र जाएँगे।।
बा खुदा आपके, दिल में उतर जाएँगे।।

ऐ परिन्दे तू ना उड़ कफ़स को लेकर,
पकड़ा जो गया तो, तेरे पर कुतर जाएँगे।।

वो आए जो महफ़िल में, जज़्बात छलक पड़े,
यकीं न था रूरवाई ए–डर से वो बिफ़ुर जाएँगे।।

बड़ी ीद्त से हमने, जान–ओ–दिल उनके नाम किया,
ये सोचा ही नहीं के वो, दिल लेकर मुकर जाएँगे।।

है फ़नकार तू भी, तो इतना याद रख 'कौल',
मर जो गया, तेरे गीत हर दिल को छूकर जाएँगे।।

कफ़स	–	कारागार,पिंजरा
जज़्बात	–	मनोभाव

रूस्वाई	–	बदनामी
बिफुर	–	तिलमिला जाना
ीदत	–	दिल लगाकर
फ़नकार	–	गायक

ग़ज़ल 10

क़त्ल करके मुझे वो दुआ दिए जाते हैं।।
जा क़ैद–ए–हस्ती से तुझे आज़ाद किए जाते है।।

न है ख़्वाहिश और न है मन्ज़िल कोई,
ये ख़बर ही नहीं किस लिए जिए जाते हैं।।

ये पता ही नही क्या फ़र्क है अश्क़ और राब में,
खुशी हो या ग़म, हम दोनों को पीए जाते हैं।।

बड़ी अक़ीदत से हम उनको खुदा कह बैठे,
और वो बड़े नाज़ से, हमें दर्द दिए जाते हैं।।

'कौल' जब भी याद आता है वो जुदाई का मन्ज़र,
आँसुओं में डूबे हम ज़ख्मी दिल को सीए जाते हैं।।

क़ैद–ए–हस्ती – ज़िन्दगी की क़ैद
ख़्वाहिश – इच्छा, आकांक्षा

अश्क़	–	आँसू, हश्र
अक़ीदत	–	सम्मान
मन्ज़र	–	दृश्य

ग़ज़ल 11

हिज्र से बढ़कर दुनिया में कज़ा भी तो कुछ नहीं।।
है चारागर के पास इसकी दवा भी तो कुछ नहीं।।

ऐ दोस्त क्यों मेरे ज़ख्मों को, कुरेदता है बार–बार,
इसमें सिवाए दर्द के छुपा भी तो कुछ नहीं।।

कर गया फ़ना किस क़दर मेरा ये फ़न मुझे,
सोचता हूँ जो अदा की इश्क़–ए–वफ़ा भी तो कुछ नहीं।।

हमने एक उम्र बिता दी जिस ाक़्स के इन्तज़ार में ,
और हमें भूलने में उन्हें वक़्त लगा भी तो कुछ नहीं।।

ज़ीस्त के दौर में सारी उम्मीदें पस्त हुई 'कौल'
लगता है इस जहाँ में है खुदा भी तो कुछ नहीं।।

कज़ा	–	मौत
चारागर	–	इलाज करने वाला

ज़ीस्त – ज़िन्दगी

ग़ज़ल 12

मुद्दत हुई लबों को मुस्कुराए हुए ।।
ग़म ही ग़म हैं दिल में छुपाए हुए ।।

एक पल भी तुमसे जुदा न हो जाऊ ,
रखा है तस्वीर को सीने से लगाए हुए ।।

मेरे इ़श्क की दास्ताँ मेरे अश्कों से पूछो ,
न जाने कितने ज़खा हैं इस दिल पे खाए हुए ।।

आह–ए–दिल की मेरे ाराफ़त तो देखिए ,
खुदा परस्त हूँ क्या दिन है खुदा ने दिखए हुए।।

पूछा जो मुझसे किसी ने सबब बेरूखी का ,
हजारों ग़म उभर उठे बिना बताए हुए ।।

तमाम उम्र ज़िन्दगी में हम यूँ ही जिए जैसे ,
कान्धों पे फिरते है अपनी लाश उठाए हुए ।।

पैशानीए–ए–हालात का 'कौल' आलम तो देखिए ,
गै़र तो गै़र यहां अपने भी सभी पराए हुए ।।

खुदापरस्त	–	ईश्वर को मानने वाला
पैशानी–ए–हालत	–	मुसीबत का वक़्त
आलम	–	समय, पल, क्षण

ग़ज़ल 13

मुस्कुराए जो सर–ए–बज़्म तो आँख भर आई ।।
अपने ही हाथों कर बैठे हम अपनी रूस्वाई ।।

राह–ए–इश्क़ में हुए बबार्द भी तो मिला सुकून ,
इश्क़ पे जाँ निसार हुए क्या खूब मंजिल पाई ।।

वो आएँगे लौटकर इसकी भी कोई ख़बर नहीं ,
मगर उम्मीद की [illegible]ग्मा हमने अब तक न बुझाई

अपने हाथों क़त्ल कर दे 'कौल' तो क़रार मिले ,
न इश्क़ ही रास आया उनका अब उसपे ये जुदाई।।

जाँ निसार – न्यौछावर

ग़ज़ल 14

दिल किसी सूरत–ए–हाल में सम्भलता ही नहीं।।
ये जो बुरा वक़्त है कि बदलता ही नहीं है।।

ाायद राह–ए–इश्क़ में मन्ज़िल तक पहुँच जाऊ।।
कभी लगता भी है मुझे, और कभी लगता ही नहीं।।

इक मुद्दत हुई हमको उनसे जुदा हुए लेकिन ,
दिल–ए–नादाँ है के अब तक यकीं करता ही नहीं।।

मेरी बेबसी पे भी वो बेरूख़ी से पेश आता है ,
दिल नहीं वो संग है जो कभी पिघलता ही नहीं।।

है हमसे भी अच्छे खिरदमंद ए 'कौल' दुनिया में ,
मगर ये बात भी तू कभी समझता ही नहीं।।

संग – पत्थर

खिरदमंद – अकलमंद

ग़ज़ल 15

करता हूँ याद उसे जब भी, वो चेहरा याद आता है।।
तौबा वो काली रात सी जुल्फों का घेरा याद आता है।।

जब भी कभी देखता हूँ खुद को ग़म में डूबा हुआ ,
पैशानी–ए–हालात में हाथ पे हाथ तेरा याद आता है।

क्या वो वक़्त के ज़रा सी देर के लिए तुम रूठ जाते थे ,
वो छोटी–छोटी बातों पे ख़फा हो जाना मेरा याद आता है।।

इश्क़ में दो पल की जुदाई भी क्या कहर ढाया करती थी,
'कौल' सदियों में गुज़रता लम्हों का फेरा याद आता है।।

ग़ज़ल 16

न जाने ज़िन्दगी किस मोड़ पे ले आई है।।
न सफ़र की है खबर मन्ज़िल भी धुंधलाई है।।

तुमने भी अपना बनाकर साथ मेरा छोड़ दिया ,
दिल लगाने की भी क्या ख़ूब सज़ा पाई है।।

तू न मिला ज़िन्दगी में ख़ैर कोई बात नहीं ,
तेरे इश्क़ में तबाह होने की हमने क़सम खाई है।।

तेरा ख़्याल तेरा तसव्वुर जब भी दिल में आता है ,
लगता है के जैसे बाद–ए–सबा तेरा पैग़ाम लाई है।।

हर क़दम पर काँटे हैं 'कौल' मेरी राह गमगीं है ,
हर सिम्त ग़म के बादल है हर ग़ाम दर्दे तनहाई है।।

तसव्वुर – कल्पना
बाद–ए–सबा – सुबह की ठण्डी हवा

पैग़ाम – सन्देश

ग़मगी – दुख भरा

सिम्त – रास्ता,ओर

ग़ाम – कदम

ग़ज़ल 17

दूर होते हुए तुमसे दिल में ये ख्याल आया है।।
पास मेरे कुछ नहीं तेरी यादों का सरमाया है।।

तेरे इश्क़ में अपना सब कुछ लूटा दिया मगर ,
बदले में ग़म मिला और दर्द ही दर्द पाया है।।

मत पूछ किस क़दर तबाह हुए हम ाब–ए–फुर्कत ,
जिन्दगी ही खो गई वक़्त ने ऐसा सितम ढाया है।।

तुमसे कोई मशग़ला नहीं कोई शिकायत नहीं हमें ,
था वो प्यार घड़ी भर का मगर दिल में बसाया है।।

'कौल' क़रीब आती हुई मौत का जश्न तो मना लूँ ,
खुश हूँ बहोत क्योंकि ज़िन्दगी ने तो बहुत रूलाया है।।

सरमाया – पूँजी
ाब–ए–फुर्कत – जुदाई की रात

ग़ज़ल 18

तुम्हारे बाद भी तन्हा ये ज़िन्दगी है।।
आँखों में है पानी, सीने में आग लगी है।।

ाायद भूले से ही कभी, तुम्हें याद आ जाए ,
इस आस पे ही अब, एक उम्मीद बन्धी है।।

हर पल तेरी याद मे, डूबा रहता है दिल ,
अब यही इबादत है मेरी और यही बन्दगी है।।

वो बड़े इतमिनान से मेरे दिल से खेलते रहे ,
और हम सोचते रहे ये तो महज़ दिल्लगी है।।

'कौल' आबलपा जो हुए तो उनको पता चला ,
दो क़दम ही सही मगर राह–ए–इश्क़ काँटों भरी है।।

ईबादत – पूजा, दुआ
इतमिनान – आराम

दिल्लगी	–	खेल,मज़ाक
आबलपा	–	पाँव में छाल

ग़ज़ल 19

न थी ख़बर इश्क़ में, तुम ये दिन भी दिखाओगे।।
बनाकर अपना हमसफर, तुम मुझे ही छोड़ जाओगे।।

तेरी हर याद को इस क़दर दिल में बसाया है कि ,
बाखुदा जान निकल जाएगी जब भी याद आओगे।।

बिछड़ कर भी ायद तूझसे, जुदा कभी न हो पाउं,
जब भी साँरा लोगे तुम मुझे अपने साथ पाओगे।।

इस उम्मीद पर मैं ये जुदाई का ज़हर पी गया ,
कभी तो तुम्हे याद आएगी कभी तो लौट आओगे।।

तुम से मेरी मुहब्बत मर कर भी कम न होगी ,
लब पे 'कौल' नाम होगा ग़र कफ़न मूँह से हटाओगे।।

ग़ज़ल 20

अपने भी अब किस क़दर आज़माने लगे।।
देकर दुश्मनी का दर्द दोस्ती जताने लगे।।

उस मुहब्बत को खोने में एक पल न लगा ,
जिसे पाने में हमें कई ज़माने लगे ।।

जी में आता है कहीं दूर गुम हो जाँऊ मैं ,
मौत भी आ जाए कहीं तो ज़िन्दगी ठिकाने लगे।।

इस क़दर ग़म मिले अपनों से भी के अब ,
सारे हमदर्द और सारे रिश्ते बेमाने लगे ।।

जब तक तो साथ थे मुझे हमनफ़स लगते रहे ,
दूर क्या हुए वो एकपल में बेग़ाने लगे।।

ाायद 'कौल' उनकों आने में बीत जाए एक उम्र ,
झुठी ही सही मगर दिल में आस जगाने लगे।।

हमनफ़स – साँस में घुला मिला

ग़ज़ल 21

वक़्त ने मुझको कितना मजबूर कर दिया।।
अपने ही हमराह से मुझको दूर कर दिया।।

ाख़–ओ–गुल मेरे नसीब में कभी न रहे लेकिन,
ख़ार–ओ–ग़म से मेरा दामन भरपूर कर दिया।।

जिसके इन्तज़ार में हमने सारी ज़िन्दगी गुज़ार दी,
देकर हिज्र उसी ने मुझे ग़मों में चूर कर दिया।।

उम्र भर खुशी से कभी वास्ता न रहा मगर,
ख़ैर मरने की वजा मिली इतना तो जरूर कर दिया।।

जिस दिल में तुम्हारी याद को बसा के रखा था,
देकर चोट उसी पर तुमने ज़ख़्म नासूर कर दिया।।

फिरते हैं मारे–मारे 'कौल' मजबूर इस दिल को लिए,
खुदा ने दिवानों की बस्ती में मुझे मजबूर कर दिया।।

ाख़–ओ–गुल	–	फूल भरी टहनियाँ
ख़ार–ओ–ग़म	–	दुख भरे काँटें
हिज्र	–	जुदाई
वजा	–	कारण
नासूर	–	कभी न भरने वाला ज़ख़्म

ग़ज़ल 22

मर जाँएगे मगर तेरे इश्क़ को न रूसवा करेंगे।।
आया ग़र वक़्त भी तो खुद पे इल्ज़ाम धरेंगे।।

खाई है ये क़सम अपने आप से ही मैने,
तेरे इश्क़ में जिए थे तेरी यादों में मरेंगे।।

तेरी मजबूरीयों को अपना नसीब मानकर,
तमाम उम्र खुदा से ये शिक़वा करते रहेंगे।।

गुर्बतों में भी तेरी यादों का होगा सहारा,
मिलेंगें ग़र ज़ख़्म भी तो हम हँस के सहेंगें।।

'कौल' खुदा ज़िन्दगी में तेरी रोशनाई भर दे,
टूटे हुए अपने दिल को तेरी यादों से भरेंगे।।

शिक़वा – शिकायत, गिला
गुर्बत – जुदाई

रौशनाई – चमक, जगमगाहट

ग़ज़ल 23

करके उम्र भर के वादे तुम कहाँ गुम हो गए।।
ज़िन्दगी रास न आई मौत की नींद हम सो गए।।

ख़बर नहीं कैसे किस हाल में हो तुम,
तुम्हारे बिन कल नहीं न जाने तुम कहाँ खो गए।।

हम भी लगे जो सुनाने आपबीती अपने यारों को,
सुनके मेरे दर्द की दास्ताँ पत्थर भी रो गए।।

न लगाओ इतनी देर मुड़कर लौट आने में,
ायद तुम आवो हम न आएँगे एकबार जो गए।।

तेरी चाह में मर गए 'कौल' इसका ग़म नहीं,
कम ही सही मगर तेरे लिए कुछ हम कर तो गए।।

ग़ज़ल 24

दिल को मेरे वो तनहा कर गए ।।
अनजाने ही सही ज़िन्दगी तबाह कर गए।।

रो–रो के अब तो मेरी आँखें भी सो गई,
ख़बर ही नहीं ज़िन्दा हूँ या के मुर्दा कर गए।।

वो भी था वक़्त जब दिल को दिल से राह थी,
अब के दिल की आहों को मजबूर सदा कर गए।।

हर अश्क़ में तराशती हैं आँखें तेरी तस्वीर,
तेरे इश्क़ में बर्बाद हुए खुद को फ़ना कर गए।।

'कौल' वो कहीं गुम है दुनिया की भीड़ में ,
हम जहाँ से उठ गए सोचता हूँ वो भी क्या कर गए।।

सदा – आवाज़
फ़ना – बर्बाद

ग़ज़ल 25

कहाँ हो तुम एक बार लौट आवो।।
दिल–ए–मजबूर पे ज़रा तरस खावो।।

ये न हो के तेरी याद में हम गरक हो जाँए,
पागल इस दिवाने को और न सतावो।।

हमने तेरे इश्क़ में ये ज़िन्दगी हार दी,
मेरी इस तबाही का तुम भी जश्न मनाओ।।

जितनी भी तसल्ली दो तेरे आने की दिल को,
क़रार मिलता ही नहीं जितना भी समझावो।।

सारी कोशिशें अब तो नाकाम हो गई ,
वो यादें याद आती है जितना उन्हे भुलावो।।

इश्क़ में इस दिवाने का क्या हशर हुआ,
ज़िन्दगी लाश बनीं 'कौल' कोई तो उठावो।।

गरक	–	तल्लीन,डूबा हुआ
क़रार	–	आराम,चैन
हशर	–	अन्जाम,नतीजा

ग़ज़ल 26

दिल पे तेरी यादों के नक्श रह गए।।
देखे थे जो ख़ाब आँसुओं में बह गए।।

उधर जश्न था हम अश्को में गुम थे,
ज़िन्दगी लुट रही थी हम देखते रह गए।।

तनहाईयों में जब भी यादों ने चोट की,
सारे दर्द सारे ज़ख्म हम मुस्कुरा के सह गए।।

जब तेरे इश्क़ को हमने काम बना लिया,
इबादत की तुम्हारी और तुमको खुदा कह गए।।

वक़्त का तुफान जब कहर बनके गुज़रा 'कौल',
सारे सपनों के महल एक पल में ढह गए।।

नक्श – निशान

ग़ज़ल 27

हमने भी क्या खूब क़िस्मत पाई है।।
माँगी खुशी तो दिल पे चोट खाई है।।

तुम हो गर ज़िन्दगी में तो इसके कुछ माने है,
तुम न हो ग़र पास तो हर खुशी पराई है।।

ज़िन्दगी में अब कुछ नहीं सिवाए दर्द के,
खुशी का हो पल भी तो दर्द की बू आई है।।

कर गए बर्बाद वही जो दिल के करीब थे,
यारों ने भी क्या खूब दोस्ती निभाई है।।

अपनों पे भी अब कौन भरोसा करे 'कौल',
जली है ज़िन्दगी तो अपनों ही ने आग लगाई है।।

ग़ज़ल 28

सोचता हूँ जब तुम्हें तो आँख भर आती है।।
आती है जब याद तो जान निकल जाती है।।

हम यहाँ तड़पते हैं वहाँ उनकी खबर नहीं,
सोचता हूँ ज़िन्दगी क्या अजीब दिन दिखाती है।।

सोचता हूँ तेरे बग़ैर कैसे कटेगी मेरी उम्र,
जब एक–एक लम्हा तेरी याद इतना तड़पाती है।।

हर पल हर घड़ी जब कहीं तेरा ज़िक्र होता है,
ज़िन्दगी तेरे न होने का एहसास दिलाती है।।

देकर जुदाई मुझे मरने की वजा तो मिली,
यूँ भी 'कौल' ज़िन्दगी तो हर क़दम सताती है।।

ज़िक्र – बात

वजा – कारण

ग़ज़ल 29

हर पल तेरी जुस्तजू हर ाब इन्तज़ार मुझे।।
कर गया बर्बाद किस क़दर तेरा ये प्यार मुझे।।

तमाम उम्र तड़पे जो दिल का कहा माना हमने,
अपने ही दिल पे रहा न अब इख़्तयार मुझे।।

सुना है वक़्त के साथ लोग बदल जाया करते हैं,
देखे मिजाज़ उनके तो आया एतबार मुझे।।

तेरे मेरे दरमयाँ इक उम्र का फ़ासला आ गया,
वक़्त ने छोड़ दिया रोने के लिए ज़ार–ज़ार मुझे।।

यारों दोस्तों ने भी इस क़दर जुल्म ढाऐ 'कौल',
भरी महफ़िल में कर दिया अपनों ने र्मसार मुझे।।

ाब	–	रात
जुस्तजू	–	आरजू,इन्तज़ार,चाहत
इख़्तयार	–	ऐतबार,भरोसा

मिज़ाज	–	अन्दाज़,तरीका
दरमयाँ	–	बीच में,मध्य में
ज़ार–ज़ार	–	बिलखते हुए रोना
ार्मसार	–	बेईज्जत

ग़ज़ल 30

ज़हन में तेरी तस्वीर जब भी उभर जाया करती है।।
गुज़रे ज़माने की सारी दास्तान दोहराया करती है।।

सारे सपने सारे अरमान एक ही पल में खो जाते है,
ख़बर नहीं जुदाई क्यों ये क़हर ढाया करती है।।

वो तो ख़ैर मुँह मोड़ कर चल दिए हमें छोड़कर,
मगर उनकी याद है जो हमें अक़्सर रूलाया करती है।।

वो बदल गए वक़्त के संग तो इसका नहीं मलाल,
ये भी सच है वक़्त के साथ हर चीज़ बदल जाया करती है।

अब तो 'कौल' खुदा से हम ये फरियाद करते है,
मौत आए तो सुकून मिले ज़िन्दगी हरपल सताया करती है।

ज़हन – दिमाग़
दास्तान – कहानी
मलाल – शिकवा, शिकायत

ग़ज़ल 31

दिल पे ज़ख्म लगा गया वो जो अपना था।।
मेरे दर्द पे मुस्कुरा गया वो जो अपना था।।

किस अदा से मुझे खुद से अलग कर दिया,
ग़ैर को अपना बना गया वो जो अपना था।।

निकला जो सर–ए–मन्ज़िल तो कुछ यूँ बीती,
सर–ए–राह आबलपा गया वो जो अपना था।।

किसने वफ़ा की किसने जफ़ा की राह–ए–इश्क़ में,
वो पहेली भी सुलझा गया वो जो अपना था।।

है 'कौल' फ़नकार तो बुलन्दी तक पहुँच गया,
बनके सितारा छा गया वो जो अपना था।।

सर–ए–राह – सारा रास्ता
आबलपा – पाँव में छाले
बुलन्दी – ऊँचाई,सबसे

ग़ज़ल 32

हिज्र में तेरे ये काम कर चले।।
हार दी ज़िन्दगी तेरे नाम कर चले।।

मेरे नसीब में न था कोई खुशी का दिन,
लो अब के रौशन तेरी हर ाम कर चले।।

जिनके लिए हमने ये ज़िन्दगी हार दी,
वो कह कर बेवफ़ा हमें बदनाम कर चले।।

खुदा की खुदाई पे भी अब ऐतबार नहीं,
लो अब तो खुदा से भी इन्तक़ाम कर चले।।

भूला दिया जिसने हमें रक़ीब जानकर,
हम उसी संग दिल को भगवान कर चले।।

हमारे इस प्यार को वो कहते हैं अपनी भूल,
'कौल' इस प्यार को भी हम एहतराम कर चले।।

हिज्र	–	जुदाई
नसीब	–	भाग्य, तकदीर
ऐतबार	–	भरोसा
इन्तकाम	–	बदला, प्रतिशोध
रक़ीब	–	दुश्मन
संगदिल	–	पत्थर दिल
ऐहतराम	–	सम्मान, नतमस्तक

ग़ज़ल 33

ख़बर नहीं थी के अपने भी यूँ पेश आएँगे।।
ग़म–ए–मुश्किलात में यूँ तनहा छोड़ जाएँगे।।

ायद मेरे तड़पने से मिलता है उन्हें क़रार,
उनकी खुशी के लिए हम ग़म हँस के उठाएँगें।

मेरी बर्बादी में मेरे अपने भी थे ामिल,
सोचा न था ज़िनदगी में अपनों से ज़ख्म खाएँगे।।

मौसम की तरह बदलना लोगों की है फ़ितरत,
अब तो भूल कर भी किसी को अपना न बनाएँगे।।

जिन्दगी में ायद उन्हें मिले कई हमसफर,
मगर 'कौल' जैसा हमक़दम ढूँडकर वो न पाएँगे।।

क़रार – ान्ति, चैन, आराम
फितरत – आदत

ग़ज़ल 34

हर क़दम मेरे संग तेरी यादों के साए है।।
फ़िर भी ग़म ही ग़म ज़िन्दगी में नज़र आए है।।

जब भी याद करता हूँ वो गुज़रे हुए ज़माने,
आता है याद ज़िन्दगी ने कितने ग़म उठाऐ है।।

आते है याद सितम उनके मगर क्या करें,
आँखों में रही नमी लब तो सदा मुस्कुराए है।।

मजबूर अपनी तकदीर से गिला भी क्या करें,
ग़ैर तो ग़ैर हम तो अपनों के ही सताए है।।

तुमसे बिछड़ कर मेरी तो ज़िन्दगी ही तबाह हुई,
तमाम उम्र दर्द मिले और दिल पे ज़ख्म खाए हैं।।

मर कर ही मिला हो सकूँ तो ऐसा भी नहीं 'कौल',
वजा–ए–इश्क़ पे मेरी लोगों ने सवाल उठाए है।।

तक़दीर	–	किस्मत, भाग्य
ग़ैर	–	अपरिचित
वजा–ए–इश्क़	–	इश्क़ का कारण

ग़ज़ल 35

ज़िन्दगी बहोत तनहा नज़र आई है।।
हिज्र में जब भी जहाँ भी तेरी कमी पाई है।।

न सुकून न क़रार न कोंई रौनक है बस,
अश्क़–ओ–ग़म हैं ज़िन्दगी में और तनहाई है।।

तौबा वो वक़्त जब इश्क़ पे था नाज़ हमें,
और क्या ये वक़्त के इश्क़ से पारसाई हैं।।

हर क़दम अपने भी तो संगदिल नज़र आए,
हम हैं के अब तक ग़ैरों से उम्मीदें लगाई हैं।।

इन रस्मों रिवायतों पे मुझको यकीं नहीं,
रिवाज़–ए– दुनियाँ भी तो हम ही ने बनाई है।।

भूलकर अपने रंज–ओ–ग़म सबका हमदर्द बन,
ाायद अब तो 'कौल' तेरी इसी में भलाई है।।

हिज्र	–	जुदाई
नाज़	–	गर्व, अभिमान
पारसाई	–	परहेज
रिवायत	–	परम्परा
रंज–ओ–ग़म	–	दुख दर्द
हमदर्द	–	दर्द बाँटने वाला

ग़ज़ल 36

ख़बर नहीं किस राह चला हूँ मैं।।
हर पल हर ाब ग़म से मुब्तला हूँ मैं।।

ज़रा सी बात पे आप क्या हुए ख़फा,
लगता है जैसे ज़िन्दगी से ही ख़फा हूँ मैं।।

तड़प–तड़प कर हर दिन गुज़रे हैं मेरे,
हुआ जब से उस ाक़्स से जुदा हूँ मैं।।

काँटों से भरी मन्ज़िल है मगर फ़िर भी,
चला तो हूँ पता नहीं किस राह चला हूँ मैं।।

हर जगह हर कोई परेशाँ नज़र आता है।।
हर ाक़्स ग़मों से भरा है जिससे मिला हूँ मै।।

क्या बताऊँ हिज्र में क्या से क्या हो गया,
होकर तुमसे जुदा 'कौल' तमाम उम्र जला हूँ मैं।।

मुब्तला – ग्रस्त, उलझा हुआ

ख़फ़ा – नाराज़

हिज्र – जुदाई

ग़ज़ल 37

क्या सिला मिला मुझको मेरी वफ़ादारी का।।
लूट गया वही था भरम जिसपे ईमानदारी का।।

की जो दोस्ती किसी से, मिले ग़म ही ग़म मुझे,
ाायद रहा नहीं अब ज़माना भी खुदारी का।।

कब तलक चलता रहेगा तनहाई का ये आलम,
आख़िर कब तक रहेगा मन्ज़र ये बेकरारी का।।

'कौल' उम्र भर रहा ग़मों से वास्ता ज़िन्दगी का,
न मिल सका ईलाज कोई इस इश्क़–ए–बीमारी का।।

भरम – ाक, शंका,सम्मान

आलम – स्थिति,समय

मन्ज़र – दृश्य

बेक़रारी – बैचेनी, उलझन

ग़ज़ल 38

ज़िन्दगी ने हर क़दम इस क़दर आज़माया है।।
मिला जो कोई हमदर्द तो उससे भी दर्द पाया है।।

तू नहीं अगर साथ मेरे तो भी नहीं कोई ग़म,
हर पल हर ाब मेरे साथ तेरी यादों का साया है।।

वक़्त के इस दौर में ग़ैरों का क्या भरोसा,
यहाँ तो अपनों ने भी हर क़दम पे सताया है।।

न जाने कब आंधियाँ इन लहरों पे भारी हो जाए,
हमने तो तिनका–तिनका ये आशियाँ बनाया है।।

ज़माने बाद वो मिले भी तो कुछ इस तरह 'कौल',
जैसे उन्हें हम नहीं मिला कोई ाक़्स पराया है।।

ग़ज़ल 39

वक़्त की रफ़तार भी ज़िन्दगी कहाँ ले आई है।।
किसी को मिली खुशी किसी का नसीब तनहाई है।।

ज़माने भर के ग़म खाए सीने पे मगर फिर भी,
लबों से तो मुस्कुराए मगर आँख हमेशा भर आई है।।

इस दौर में क्यूँकर मै करूँ एतबार किसी का,
जब सबसे मिले हो दर्द अपनों से मिली जुदाई है।।

इस दिल के टुटनें में कब आवाज़ हुआ करती है,
सिसक–सिसक के रो लिया जब भी चोट खाई है।।

उनके लिए ज़िन्दगी हार देने से क्या फायदा 'कौल',
जिनकी आदत में धोखे और फितरत में बेवफ़ाई है।।

नसीब – भाग्य, किस्मत
एतबार – विश्वास
फितरत – आदत

ग़ज़ल 40

तनहाई में जब भी तेरे ख़्याल आ जाते है।।
ज़िन्दगी ठहर जाती है दिल को तड़पा जाते हैं।।

ाायद तरस खा कर मुझपे तुम लौट आवोगे,
झूठी ही सही मगर एक तसल्ली जगा जाते हैं।।

आते हैं याद मुझको जब भी वो सुहाने दिन,
आँखों में हो अश्क़ तो भी लब मुस्कुरा जाते है।।

एक उम्मीद पे हमने भी था एक आशियाँ बनाया,
जले जो ख़ाब तो लगा अपने ही आग लगा जाते है।।

तुझको न पा सके तो 'कौल' क़िस्मत से नहीं गुरेज़,
कुछ ज़िन्दगी हार कर भी इश्क़–ए–मन्ज़िल पा जाते है।।

तसल्ली – आराम, सन्तो ा
गुरेज़ – अलगाव, मतभेद

ग़ज़ल 41

सोचा तो दिल में ये ख़्याल आया।।
न कोई अपना है यहाँ न कोई पराया।।

जब भी खिली दिल में उम्मीद की कोई कली,
न जाने कब कहाँ से ग़मों का बादल घिर आया।।

हर ाक्स है के मतलबी नज़र आता है,
दोस्ती में हमनें में हर दोस्त आज़माया।।

अपनी ही तो बदोलत परेशाँ हुए फिरते हैं,
ये ख़बर ही नहीं ज़िन्दगी में क्या खोया क्या पाया।।

जिसके लिए 'कौल' हम हर ज़ख्म सह गए,
बीच राह में उसी के हाथों दिल पे ज़ख्म खाया।।

ग़ज़ल 42

अश्क़ से आँख में भर आए हैं।।
ज़ख्म भी तो अपनो से ही खाए है।।

एक उम्मीद पर ज़िन्दगी गुज़र गई,
खुली आँखों से क्या सपने सजाए हैं।।

तेरी खुशी के लिए ये ज़िन्दगी हार दी,
तुमने तो दामन में मेरे ग़म ही ग़म पाए हैं।।

छोड़कर राह–ए–इश्क़ में खुद ही साथ मेरा,
मेरी वफ़ा पे क्या खूब इल्ज़ाम लगाए हैं।।

हम उनके इन्तज़ार में पलके बिछाए बैठें है,
मगर ये भी तो सच है के वो पराए हैं।।

उनकी खुशी के लिए हम फिर भी दुआ करते हैं,
हम तो दिल पे ग़मों का बोझ उठाए हैं।।

दुश्मनों की तो ख़ैर चलो कोई बात नहीं,
'कौल' हम तो अपनों ही के सताए है।।

ग़ज़ल 43

इश्क़–ए–तनहाई में तेरी यादों ने सदा लगाई है।।
दिल इस क़दर तड़प उठा के आँख भर आई है।।

देकर ज़िन्दगी में दर्द, और दिल में मुहब्बत,
समझ ही न आया ये करम है या उनकी बेवफाई है।।

ग़मो को दिल में बसाकर होंटों को सिल लिया,
तूने तो हिज्र देकर ज़िन्दगी ही कर दी पराई है।।

तेरे दिए हुए ज़ख्म दफ़न है बेसदा आँहों में,
ग़म ही ग़म उभर उठे जब भी सदा लगाई है।।

हम भी सर–ए–महफ़िल इश्क़–ए–दास्ताँ कह बैठे,
ग़ैर तो ग़ैर 'कौल' यहाँ तो अपने भी तमाशाई है।।

करम	–	मेहरबानी
हिज्र	–	जुदाई
बेसदा	–	आवाज़ के बिना

ग़ज़ल 44

हर ाब–ए–ग़म जब भी तेरा जिक्र आ जाता है।।
आँख भर आती है दिल को तड़पा जाता है।।

सोचता हूँ के तुम कैसे छोड़ने का हौसला कर गए,
हमेशा भीतर ही भीतर मुझे ये ग़म खा जाता है।।

अपनों पे भी अब तो कोई एतबार नहीं रहा,
बन के आता है अपना फिर जो रक़ीब सा जाता है।।

दोस्तों से भी अब तो वफ़ा की उम्मीद नहीं 'कौल',
जो भी मिलता है मुझे दिल का दर्द बढ़ा जाता है।।

जिक्र	–	चर्चा,बात
रकीब	–	दुश्मन

ग़ज़ल 45

लम्हा भर में ज़िन्दगी को बदलते देखा।।
अपनी ही आँखों में सपनों को जलते देखा।।

देखे थे हमने भी ख़ाब एक हसीन खुशी के,
मगर वक़्त को सारे सपने कुचलते देखा।।

अपनी बेबसी पे भी आता था तरस कभी मुझे,
ज़ख्म खा कर राह–ए–इश्क़ में खुद को सम्भलते देखा।।

हिज्र में ाब–ओ–रोज़ इस कदर तड़पते रहे,
पल–पल हमने ज़िन्दगी की ाम को ढलते देखा।।

गुम हुए सारे ख़ाब न जाने किस जहाँन में,
मजबूर अपने दिल को उनके लिए तरसते देखा।।

दिल जब भी दुखा तो 'कौल' इस अन्दाज़ के साथ,
तनहाईयों में आँखों से सावन बरसते देखा।।

बेबसी	–	परेशानी,मुसीबत
हिज्र	–	जुदाई
ाब–ओ–रोज़	–	हर बात

ग़ज़ल 46

आँखों में अश्क़ लिए फिरता हूँ।।
ज़िन्दगी को तलाश किया करता हूँ।।

ख़ाकर फ़रब–ए–ग़म नामुराद इश्क़ से,
न जिया ही कभी और न अब मरता हूँ।।

चाह कर भी जो न कभी मेरी हो सकी,
हर पल उस खुशी के लिए तरसता हूँ।।

किया भरोसा जिसपे भी तो मिले सिर्फ़ ग़म,
हूँ दुनिया से बेख़ौफ़ मगर अपनों से डरता हूँ।।

आते है याद जब भी वो गुज़रे ज़माने 'कौल',
आँखों से सावन बहते हैं हर पल आहें भरता हूँ।।

अश्क़	–	आँसू
नामुराद	–	अभागा
बेख़ौफ़	–	बिना डर के, निडर

ग़ज़ल 47

है लबों पे हँसी मगर दिल में दर्द छुपाए है।।
मत पूछ तेरी याद में किस क़दर आँसू बहाए है।।

डर है न लूट ले कोई तनहा मुझे इस   ाहर में,
ग़ैरों का क्या भरोसा जब अपनों से ज़ख़्म खाए हैं।।

आता है कभी–कभी ज़िन्दगी में ऐसा भी मकाम,
होते हैं जो दिल के क़रीब फ़िर आते नज़र पराए हैं।।

अपनी इश्क़–ए–दास्तान को सबसे छुपा रखा है।।
मगर ज़ख़्म़–ए–तनहाई है जो छुपे न छुपाए है।।

इस बीमार–ए–दिल पे भी उनको आता तरस नहीं,
एक ज़ख़्म़ भरा नहीं के वो और ज़ख़्म लगाए हैं।।

सुना है 'कौल' वो निकलते हैं लेकर हाथों में खंजर
हम भी लेकर दिल हाथों में, क़त्ल होने आए हैं।।

ग़ज़ल 48

दिल–ए–बैखुदी को ज़रा क़रार मिले।।
ख़िजा के दौर में कुछ मौसम–ए–बहार मिले।।

दो पल की दौस्ती का जो जताते हैं एहसान,
राहे ज़िन्दगी में मिले भी तो ऐसे यार मिले।।

न हिज्र में कोई ग़म और न खुशी व़स्ल में,
राह–ए–इश्क़ में हम कुछ इतने लाचार मिले।।

वो न आएँगे लौटकर है इसका भी पूरा यकीन,
फिर भी आँसूओं में डूबे हम तलबग़ार मिले।।

हश्र तक साथ निभाने का जो करते थे वायदा,
दो क़दम पे साक छोड़ने वाले ऐसे वफ़दार मिले।।

'कौल' इश्क़ में क़त्ल होने का भी अलग ही है मज़ा,
अज़ल से इन्तक़ाम लेने वाले लोग कई हज़ार मिले।।

बेखुदी – बैचेनी

क़रार – चैन,सुकून

ख़िजा – पतझड़

हिज्र – जुदाई

वसल – मिलन

तलबग़ार – उम्मीद पर,आस में

हश्र – अन्त

अज़ल – मौत

ग़ज़ल 49

दिल की आहों को समझा ही नहीं कभी।।
तुम हो मेरे अपने ये लगा ही नहीं कभी।।

न जाने आए कितने मौसम बसन्त बहार के,
मगर आँखों का सावन है जो थमा ही नहीं कभी।।

लिखा जो रेत पर वो नाम लहर मिटा गई,
मगर दिल से तुम्हारा नाम मिटा ही नहीं कभी।।

सोचा इश्क़–ए–इबादत से खुदा तक पहुँच जाऊँ,
उठ गया दुनियां से मिला वो खुदा ही नहीं कभी।।

चल ए 'कौल' अब तो उम्मीद का दामन छोड़ दे,
इस दौर–ए–जहाँ से तुझे कुछ मिला ही नहीं कभी।।

ग़ज़ल 50

हम तो हर पल तुम्हें अपना हमक़दम रखते हैं।।
दिल में छुपाकर तुम्हारे जुल्म–ओ–सितम रखते हैं।।

फूलों से क्या गुरेज़ खुशबु के खरीददारों को,
ये लोग तो दामन में अपने ख़ार–ओ–ख़म रखते है।।

उतरते हैं जो राह–ए–इश्क़ में वही कामयाब होते हैं,
जो लोग लबों पे हँसी और दिल में ग़म रखते हैं।।

इश्क़ में नहीं डर हमें हद से गुज़र जाने का,
दर्द मिले तो क्या हम क़त्ल होने का दम रखते हैं।।

'कौल' कुचा–ए–यार में सम्भलकर पाँव रखना,
वो आस्तीन में ख़ँन्ज़र जुबाँ पे मरहम रखते हैं।।

गुरेज़	–	अलगाव, मतभेद
कुचा–ए–यार	–	यार की गली
आस्तीन	–	आसपास, देहलीज़

ग़ज़ल 51

बाखुदा मेरे ज़ख़्मों को कुरेदने वाला।।
है बेदर्द मेरी बेबसी पे हँसने वाला।।

हूँ तो मैं भी बहोत वाक़िफ तुझसे मगर,
देखीए तू भी है कितना दिल को परखने वाला।।

वो जो आए महफ़िल में लोग क़त्लेआम हुए,
एक मैं ही नहीं सिर्फ उन पे मरने वाला।।

ये इश्क़ है इक आग और मैं भी कूद गया,
देखा है कोई शिकार जान के फँसने वाला।।

आया तो था वो मेरी उलझन को सुलझाने,
अपनी ही उलझन में उलझ गया उलझने वाला।।

किसे सुनाँए 'कौल' दास्तान ग़म–ए–ज़िन्दगी की,
मिला ही नहीं कोई मुझको समझने वाला।।

बेबसी	–	परेशानी,मुसीबत
वाकि़फ	–	परिचित

ग़ज़ल 52

हम जो इस क़दर उनसे दिल लगाने लगे हैं।।
नाखुदा वो ग़ैरों की तरह पेश आने लगे हैं।।

हम तो उनके इश्क़ में हश्र तक पहुँच गए,
और वो हैं के अब भी हमें आज़माने लगे हैं।।

न सताओ के अब तो हम यूँ ही मर जाएँगे,
एक पल में हज़ार बार तेरे ख़्याल आने लगे हैं।।

दिल से निकली जो दुआ बड़ा काम कर गई,
वो खुश हैं कहीं बहोत और हमें भुलाने लगे हैं।।

तू है फ़नकार 'कौल' मन्ज़िल तक पहुँच जाएगा,
लोग हैं के तेरे गीत अभी से गुनगुनाने लगे हैं।।

ग़ज़ल 53

अब न याद आवो के दिल से आह निकलती है।।
साँस जो लेता हूँ तो ज़ख्मों को हवा लगती है।।

हम ने देखे हैं फ़कीरों के भी मुकद्दर बदलते,
तू आके तो देख किस क़दर तक़दीर बदलती है।।

है अगर वक़्त की ज़िद हम से इन्तक़ाम लेने की,
हारेंगें हम भी न हौंसला जब तक साँस चलती है।।

भूले से 'कौल' जो बदल जाए ये रफ़्तार–ए–ज़िन्दगी,
करें लाख कोशिश कोई तो फिर सम्भलें न सम्भलती है।।

मुक्कदर – तक़दीर, भाग्य
इन्तक़ाम – प्रतिशोध, बदला

ग़ज़ल 54

अब तलक आँखों में नमी सी क्यों है।।
ए ज़िन्दगी तू इतनी बेरहम सी क्यों है।।

सुना है वो गुज़रे है आज फ़िर इसी कुचे से,
हूँ गुमसुम, तो साँसे भी थमी सी क्यों है।।

कभी खुशी तो कभी ग़म ये क्या फ़साना है,
न जाने वक़्त की मुझसे दिल्लगी सी क्यों है।।

तुमसे जुदा हुए एक ज़माना बीत गया,
फिर भी ज़ीस्त में तुम्हारी कमी सी क्यों है।।

है तो खुशियों की बहारें इस ज़िन्दगी में 'कौल',
न मालूम सूनी दिल की ये ज़मी सी क्यों है।।

बेरहमीं	–	निर्दई
कूचे	–	गली में
दिल्लगी	–	खेल,मज़ाक

ज़ीस्त – ज़िन्दगी

ग़ज़ल 55

वो वक़्त भी क्या वक़्त था जो क़हर बन के आया था।।
करके तुझसे जुदा मुझको इस दिल पे सितम ढाया था।।

था चाँद भी खिला–खिला उस दिन तुम्हारी जानिब,
लगा यूँ के जैसे मेरी बेबसी पे चाँद भी मुस्कुराया था।।

छोड़कर तनहा मुझे जब तुम मुझसे रूख़्सत हुए,
दिल से निकली आहें मेरी आँखों ने सावन बरसाया था।।

थी तुम्हारी महफ़िलों में रोशनाई और रौनक–ए–बहार,
मजबूर मेरी ज़िन्दगी में ग़म का अन्धेरा छाया था।।

जानिब	–	तरफ, किसी ओर
बेबसी	–	परेशानी,मुसीबत
रूख़्सत	–	अलविदा
रौशनाई	–	चमक, जगमगाहट

ग़ज़ल 56

इश्क़ में हम नाकाम हुए तो क्या।।
सारे   ाहर में बदनाम हुए तो क्या।।

मंज़िल–ए–इश्क़ तक पहुँचना है जरूरी मेरा,
आबलपा ग़र सर–ए–आम हुए तो क्या।।

चली है जो हवाँए बदरंग   ाहर में,
अब जो लोग बदगुमान हुए तो क्या।।

उनके जमाल–ए–हुस्न से जलते हैं चराग़,
अगर लोग क़त्ले आम हुए तो क्या।।

सुना है वो हिज्र में बहोत तड़पे 'कौल',
हमारे ही सर इल्ज़ाम हुए तो क्या।।

आबलपा – पाँव में छाले
बदगुमान – बुरा ख़्याल, अवधारणा
जमाल–ए–हुस्न – हुस्न की रोशनी,खूबसूरती

हिज्र	–	जुदाई
इल्ज़ाम	–	दो ा,दो ाारोपण

ग़ज़ल 57

बे-नूर सा है आलम ये ाम बुझी सी है।।
न जाने क्यों कर इन आँखों में नमी सी है।।

आज जी भर के इस दिल ने तुम्हें याद किया,
लगता है ज़िन्दगी में अब भी तुम्हारी कमी सी है।।

इश्क़ पे तोहमत लगाते आता है मज़ा,
समझ नहीं आता क्यों ये दुनिया बेरहमी सी है।।

छोड़कर जब भी कोई जाए तो लगे जैसे,
भीड़ में खुद को ढुँढती तनहा ये ज़िन्दगी सी है।।

सुना है वो आ रहे हैं मुददतों बाद ाहर में,
दिल में है बैचेनी साँसे भी थमी सी है।।

चल अब के दुनियाँ से कहीं दूर चले 'कौल',
न जाने क्यों इस जहाँ को हमसे दुश्मनी सी है।।

बेनूर	–	बिना चमक के,फ़ीका
आलम	–	समय,क्षण
तोहमत	–	इल्ज़ाम, तोहमत

ग़ज़ल 58

दिल की आहों को समझने का हौसला रखते है।।
हम हवाओं का रूख़ बदलने का हौसला रखते हैं।।

राह–ए–इश्क़ में कई मक़ाम आए और चले गए,
मुश्किल हो हालात तो भी सम्भलने का हौसला रखते हैं।।

तमाम कोशिशों के बावजूद कई मसले हल न हुए,
मगर हम भी हर उलझन से उलझने का हौसला रखते हैं।।

हमको न गिला उनसे न तक़दीर से कोई 'कौल',
ज़िन्दगी ले चले जिस ओर चलने का हौसला रखते हैं।।

ग़ज़ल 59

आकर देख तेरे इश्क़ में क्या से क्या हो गए।।
तुम गए छोड़कर हम अपनों में तनहा हो गए।।

क्या हुआ वो वादें क़स्में वो अपने कौल क़रार,
क्या ख़ता हुई मुझसे जो तुम इतने ख़फा हो गए।।

एक वो वक़्त के जब तुम्हें याद करके गुज़रते थे दिन,
और अब ये आलम के तेरी याद में तबाह हो गए।।

हम उनकी याद में पागल हुए फिरते हैं 'कौल',
हमें नहीं यकीं, लोग कहते है वो बेवफा हो गए।।

ग़ज़ल 60

फिर सर–ए–शाम दिल में मेरे ये ख़्याल आया।।
तोड़कर दिल मेरा वो कहता है तू क्यों न मुस्कुराया।।

कितने ग़म–दर्द इस सीने में छुपा रखे हैं,
आँसुओं से धो दिए जख़्म जब खुद को तनहा पाया।।

अपने भी हर क़दम ग़ैरों सा करते हैं सुलूक,
कुछ ख़बर ही नहीं कौन अपना है यहाँ कौन पराया।।

जिसकी उम्मीद पर हमने छोड़ दी ये दुनिया 'कौल',
इसपे वो कहते हैं अच्छा हुआ मरकर भी न काम आया।।

ग़ज़ल 61

बिन तेरे हर राह सूनी नज़र आई।।
हिज्र में तेरी याद ाम–ओ–सहर आई।।

हर एक खुशी उड़ा ले गई हवा,
पैशानिए–ए–हालात में जब ग़म की लहर आई।।

सुनाई जो इश्क़–ए–दास्ताँ दो जाम छलक उठे,
भरी महफ़िल में मेरी आँख कुछ यूँ भर आई।।

कर दिया ज़िन्दगी को मेरी रुस्वा दर–ब–दर,
दोस्तों की दोस्ती भी कुछ पेश इस क़दर आई।।

सुना है उनकी आँखों में भी थी कुछ नमी 'कौल',
जब मेरे मरने की, उन तक खबर आई।।

हिज्र – जुदाई
रुस्वा – बदनाम

ग़ज़ल 62

राह–ए–इश्क़ में राहनुमा और न मेहरबान समझेगा।।
न मेरे जज़्बात ही समझा न वो अरमान समझेगा।।

कब तलक मुझे ग़म दे कर यूँ मुस्कुराता रहेगा,
न जाने कब मुझे भी तू एक इनसान समझेगा।।

अपने दिए ज़ख्मों पर कभी ज़रा सा ग़ौर करना,
जब भी ग़म–ए–दौराँ में खुद को परेशान समझेगा।।

ग़र मर भी जाऊँ मैं तो इससे भी क्या हासिल,
वो मेरी बेबसी को भी तो इश्क़–ए–नाकाम समझेगा।।

करेगा कौन बग़ावत खुदा से 'कौल' की मानिंद,
करेगा भी जो कोशिश ज़माना उसे बदनाम समझेगा।।

राहनुमा	–	हमसफर
मेहरबान	–	कृपा,करूणा
जज़्बात	–	मनोभाव

बग़ावत	–	जंग,प्रतिशोध
मानिंद	–	समान,तुल्य

ग़ज़ल 63

वो जो गया तो मुझको रूला गया।।
उम्र भर का मेरी ज़ीस्त पे दाग़ लगा गया।।

मेरा भी दिल था   ाख़–ए–गुल की मानिंद,
बुरा वक़्त है के मुझको पत्थर बना गया।।

मेरी मायूसी का सबब यूँ आप न पूछिए,
था जो रहबर मेरा वही भटका गया।।

हर गली–कूचे में सवाल लिए फिरता हूँ,
वो जो मेरा अपना था क्यों मुझे सता गया।।

वो बुरा था के भला इससे मुझे क्या फ़र्क,
राहनुमा न बना पर मुझको राह दिखा गया।।

इश्क़–ए–जुदाई का ज़हर मैं के पी गया,
मगर वो भी बेदर्द निकला जो हँस के पिला गया।।

सुना है वो भी हमें याद कर लिया करते हैं,
लगता है उनको भी ायद मेरा ख़्याल आ गया।।

'कौल' भी अब तो उब गया था दौर–ए–ज़िन्दगी से,
ढूँढते–ढूँढते ज़िन्दगी नामुराद अज़ल को पा गया।।

राहनुमा– हमसफर

रहबर–मार्गदर्शक

नामुराद–अभागा

ग़ज़ल 64

गुमसुम परेशाँ तुम यूँ फिरते क्यों हो।।
ये इश्क़ है ग़र डरते हो तो करते क्यों हो।।

हर वक़्त हर पल खुदा से मैं शिक़वा करता हूँ,
देते हो ग़र ज़ख़्म तुम तो भरते क्यों हो।।

है वो अजनबी लेकिन राहें जानी पहचानी है,
तुम फिर भी कुचा–ए–यार से डरते क्यों हो।।

सुना है वो भी कुछ मसरूफ़ हुए जुदाई के बाद,
उन्हे मिले जो चाहने वाले तो तुम जलते क्यों हो।।

कब तक नाकामी–ए–इश्क़ का 'कौल' रोना रोओगे,
है करीब काफ़िला तो फिर रहते क्यों हो।।

शिक़वा	–	शिकायत,गिला
मसरूफ़	–	व्यस्त
काफ़िला	–	समूह,झुँड

ग़ज़ल 65

ये राह–ए–इश्क़ है इसमे आकर तो देख।।
कौन अपना है कौन पराया आज़मा कर तो देख।।

तेरी ज़िन्दगी को जन्नत न बना दूँ तो कहना,
तू मुझे एक बार अपना बना तो देख।।

के मिलता है सूकून जब वो सीने से लगता है,
तू भी मेरी तस्वीर को सीने से लगा कर तो देख।।

राह–ए–इश्क़ में ग़र ख़ार हो तो भी नहीं मलाल,
भीगी आँखों से ज़रा कभी मुस्कुराकर तो देख।।

क्या गुज़री उस पे जिस के ग़म पे तू हँस दिया,
अपने ही ग़म पे ज़रा लबों पे हँसी लाकर तो देख।।

ये राह–ए–इश्क़ बदनाम क्यों हैं पता चल जाएगा,
अपने ही महबूब–ए–यार से ज़ख्म खा कर तो देख।।

लाख रहे पर्दों में दुनियाँ से बचके मगर 'कौल',
कैसे कहें के खुद को ही खुद से छुपा कर तो देख।।

जन्नत	–	स्वर्ग
ख़ार	–	काँटें
मलाल	–	शिकायत

ग़ज़ल 66

दिल की तश्नगी को बुझा तो कभी।।
देखकर हाल मेरा तरस खा तो कभी।।

लोग कहते हैं के मैं पत्थर बन गया हूँ,
तू ज़रा आकर मुझे नींद से जगा तो कभी।।

आज तो मैंने भी खुदा से इन्तक़ाम ले लिया,
पूछा मैंने ग़र तू है तो जलवा दिखा तो कभी।।

कितना सुकून मिलता है जब वो सीने से लगता है,
मेरी तस्वीर को तू भी सीने से लगा तो कभी।।

तू करता तो है वादे लेकिन हमेशा भूल जाता है,
जाने अनजाने ही सही कोई वादा निभा तो कभी।।

वो किसी का हो चुका 'कौल' अब न वो आएगा,
वो तुझे भूल चुका ज़रा तू भी उसे भूला तो कभी।।

तश्नगी	–	प्यास
इन्तक़ाम	–	प्रतिशोध,बदला

ग़ज़ल 67

तेरे न होने का जब भी दिल में ख़्याल लाता हूँ मैं।।
हूँ बहोत तनहा मगर फिर और तनहा हो जाता हूँ मैं।।

कभी मैकदे से तो कभी साक़ी से बात करता हूँ,
अपने इस दिल को कभी जाम–ए–सूगु से बहलाता हूँ मैं।।

कभी–कभी ये सोचता हूँ के मैं कितना बुरा हूँ,
सच ही में बुरा हूँ अश्क़ पीता हूँ और ज़ख़्म खाता हूँ

पत्थरों की इस बस्ती में अब कौन किसकी सुने,
हर ाक़्स को अपनी ज़िन्दगी की दास्तां सुनाता हूँ मैं।।

वो जो एक बार जुदा हुआ कभी लौट कर न आया 'कौल',
फिर भी ाब–ए–फुर्कत में उम्मीद–ए–शम्मा जलाता हूँ मैं।।

जाम–ए–सूगू – ाराब का घड़ा
ाब–ए–फुर्क़त – जुदाई की रात

ग़ज़ल 68

मैं रोऊँ के तुम ज़ख़्म दिल पे लगाओ।।
मैं मर मिटूं के तुम जश्न मनाओ।।

है तक़दीर बुरी के हैं मुक्कदर मेरा,
कोई तो जाए ज़रा खुदा से पूछ आओ।।

माना के मैं हूँ आदी ज़ख़्म खाने का,
के ख़ाक ही हो जाऊँ इतना भी न सताओ।।

है कितने बेरहम मेरे हबीब भी देखो,
ग़म देते हैं और कहते हैं मुस्कुराओ।।

इस बुरे वक़्त में मैं भी बुरा हो गया,
ऐ मेरे यारों के अब मुझसे न टकराओ।।

'कौल' सोचकर तूफ़ाँ में क़दम रखना,
ऐसा न हो आँधिया आए तुम आशियाँ बनाओ।।

ख़ाक – मिट्टी में मिल जाना

हबीब – दोस्त,अपने

आशियाँ – घर,घरोंदा

ग़ज़ल 69

दोस्तों को भी आज़मा कर देख लिया।।
हमने धोखा सबसे खाकर देख लिया।।

आहें दिल की मेरे वो समझा ही नहीं,
ज़ख़्मे दिल हमने उनको भी दिखा कर देख लिया।।

है वो संगदिल जो कभी पिघला ही नहीं,
याद में उनकी हमने खुद को जला कर देख लिया।।

था मेरा दिल भी शाख़–ए–गुल की तरह,
वक़्त ने मुझको पत्थर बनाकर देख लिया।।

छोड़कर तनहा मुझे वो यूँ कहने लगे,
ग़ैर तुझको अपनी नज़र में बना कर देख लिया।।

अब तो चोट खाने की 'कौल' आदत सी हुई,
हर नए ज़ख़्म पे अब तो मुस्कुरा कर देख लिया।।

संगदिल – पत्थर दिल

ाख़–ए–गुल – खिलती हुई टहनी

ग़ज़ल 70

दिल क्या अब तो हम जाँ से जाते हैं।।
ये जो मजबूर अश्क़ है जो बहे जाते हैं।।

लगाएँ हम भी क्या उम्मीदें ाम्मा से,
तूफ़ाँ है के हर ग़ाम पुरज़ोर बढ़े जाते हैं।।

क्योंकर सोचूँ क्या खोया क्या पाया मैंने,
ये तो सपनों के महल हैं जो पल में ढहे जाते हैं।।

मेरे दर्द का अफ़साना क्योंकर कोई सुने,
मगर एक निगाह–ए–आस के हम कहे जाते हैं।।

अपने ही ग़मो में अब तो घिरें रहते हैं 'कौल',
आदी हो गए अब तो हँस के ग़म सहे जाते हैं।।

ग़ाम – क़दम
पुरज़ोर – ज़ोर के साथ
निगाह–ए–आस – उम्मीद,आस भरी नज़र

Connect with Publisher

Instagram: @wkrishind

Twitter: @wkrishind

Facebook: @wkrishind

Tumblr: @wkrishind

Telegram: @wkrishind

Whatsapp or Call: 09999568276

Email: contact@wkrishind.in

Website: www.wkrishind.in

www.ingramcontent.com/pod-product-compliance
Lightning Source LLC
LaVergne TN
LVHW100816051026
849519LV00006B/2100